新 潮 文 庫

名前で呼ばれたこともなかったから

—奈良少年刑務所詩集—

寮 美千子 編

新 潮 社 版

11852

はじめに

刑務所に入っているのは、どんな人々でしょうか。

「獣のように、血も涙もない凶悪な人に違いない」

「何を考えているのかわからない、モンスターのような人々だろう」

頻繁に報道される凶悪な少年犯罪、身も凍るような残忍な事件の顚末。

そんなニュースにさらされていたら、そう思っても仕方ありません。

わたしも、その一人でした。

ですから、奈良少年刑務所から「受刑者のために授業をしてくれないか」と頼まれたときには、ためらいました。正直「怖い」と思いました。

殺人犯やレイプ犯を、すぐ目の前にして話さなければならないのです。

友人たちも心配して「無理しない方がいいよ」と言ってくれました。

けれども、刑務所の先生方が、あまりに熱心なのです。

「彼らはみな、加害者になる前に、被害者であったような子たちなんです。
極度の貧困のなか、親に育児放棄や虐待をされてきた子。
発達障害を抱えているために、学校でひどいいじめを受けてきた子。
きびしすぎる親から、拷問のようなしつけをされてきた子。
親の過度の期待を一身に受けて、がんばりすぎて心が壊れてしまった子。
心に深い傷を持たない子は、一人もいません。
その傷を癒やせなかった子たちが、事件を起こして、ここに来ているんです。
ほんとうは、みんなやさしい、傷つきやすい心を持った子たちなんです」

二〇〇七年、わたしは夫の松永洋介と、奈良少年刑務所で詩の授業をはじめました。
そして、知ったのです、まさにその通りだと。
固く閉ざされた心の扉が開かれたとき、溢れでてくるのは「やさしさ」でした。
授業のなかで、思いやりのある言葉に胸打たれ、何度、涙させられたことでしょう。
苦しかった子ども時代のことを吐露してもらい、
胸がいっぱいになったことも、数えきれません。
授業に行くと、毎回、魂の森林浴をしたような心持ちになります。

「人間は、基本的にいい生き物なのだ」と信じられるようになりました。

奈良少年刑務所の「社会性涵養《かんよう》プログラム」で詩の授業をはじめて九年。

『空が青いから白をえらんだのです　奈良少年刑務所詩集』に引き続き、

彼らの詩をまとめた第二詩集を、お送りします。

名前で呼ばれたこともなかったから

――奈良少年刑務所詩集――

目次

カバー写真・松永洋介
本文写真・上條道夫　寮美千子（14～15頁、75頁）

名前で呼ばれたこともなかったから

——奈良少年刑務所詩集——

時

もし　願いが叶うなら　僕は迷わずに願う
「時を戻してほしい」と
だけど　時は進むだけで　戻りはしない
後ろを振り返っても　何も戻らない
すべてを受け止める事など　僕にはできない
それでも　前に進まなければいけない
だからこそ　苦しむ

あの日　あのままの時に　止められたままの自分を
僕はいつか　進ませる事ができるのだろうか？
僕はまだ　なにもできずに　傍観しているだけ

僕は怖い

このまま時が進むのも　怖い
時が止まったままなのも　怖い
自分の愛している人がいなくなるのが　怖い

そんな臆病な自分の手をそっと……つないで歩いてくれる
時を動かしてくれる
すべて僕の痛みを　理解してくれる
真正面から　ぶつかってくれる
そんな人が　消えることなく　いてほしい
そして　時をともに　過ごしてほしい

人間、小さな失敗をしたときでも、自分の失敗ときちんと向きあい、反省をするのは容易なことではありません。まして、取り返しのつかない大きな罪を犯してしまったとしたら、恐ろしくて、なかなか罪と向きあえないでしょう。「すべてを受け止める事など　僕にはできない」というのは、作者の正直な気持ち。被害者ばかりでなく、加害者自身も、事件はトラウマ。その日から、時間が止まってしまうことがあるのです。

思い込み

十年以上前のことだ
偶然　この刑務所の塀の向こうに来た
堅牢で異様な雰囲気を放ちながらひたすら続く壁
近所の人が「刑務所だよ」と教えてくれた
ぼくはその正体を知って　ぞっとした
犯罪者の中でも　本当に凶悪な人だけが　ここにいて
中は無法地帯なんだろうな　と思ったから

それから十年
ぼくは裁判で「凶悪犯」と呼ばれる立場になり
塀の中で暮らすことになった
中に入ってみれば
世間が思うほど悪い人ばかりではない

いくら　ぼくがそう言っても
世間の人は信じてはくれないだろうし
ずいぶん都合のいい話だ　と思うだろう
偏見や固定観念　先入観を持って生きるのが人間だから

それでもぼくは　自分の目で見て
一人一人との出会いを大切に
しばらく　ここで生きていきたいと思う

わたしも、彼とまったく同じように思っていました。でも、授業をしに奈良少年刑務所へ通うようになってすぐに、それが大きな間違いだったことに気づきました。わたしが彼らに出会ったように、みなさんにもこの本のなかで、一人一人に出会っていただければ、と願っています。

地図

子どものころ　マンガに夢中になる小学生がいても
地図なんかに夢中になる小学生は　あまりいないだろう
でも　ぼくはマンガよりも　地図が大好きだった
地図には　ぼくが暮らす施設が載っていた
地図には　離れて暮らす母の団地が載っていた
地図には　団地の近所の公園やスーパーも載っていた

施設では　先輩のいうことが絶対で　ぼくたち年下は毎日殴られた
歯を折られた友だち　顔に火をつけられた友だち　風呂で死にかけた友だち
大切にしていた流行のカードやゲームも
数えきれないほど取られ　売り飛ばされた
まわりの大人は　大事にならない限り助けてくれず　なんの役にも立たなかった
そんな施設が　先輩たちの城であり　ぼくたちの牢獄だった
苦しくて　無力で　どうしようもなくて

こんなところから早く出たくて　毎日だれかが泣いていた
そんなとき　地図を見れば　少し　心が和んだ
数十キロ離れていても　地図を見れば　母と繋がっている気になれた
思い出をたどるように　母と通った道や行った場所を　夢中で探した
みんなが好きなマンガより　ぼくは地図が好きだった

ぼくが生きていて　母が生きている時間が　十二年
ぼくが生きていて　母が死んでからの時間も　十二年
ぼくにとって一つの節目なので　母に捧げる詩を書きました

「刑務所の方が施設よりずっとましです」と彼は語りました。「たいへんやったんやねえ」「同じ実習場なので、支えてあげられたらと思います」教室の仲間から、やさしい声がかかります。刑務所には、さまざまな事情から親と離れ、施設で育った子が少なくありません。なにかのサポートがあれば、犯罪者になることを防げたかもしれません。

タオル

俺は　子どものころ　心臓が悪かった
体力がつくまで　手術待ちをしていた
手術は成功して　いまはピンピンしているけれど
そのころの俺は　寝たきりの子どもだった

手術をしても　よくなるとは限らない
あてのないものを待つのは　つらかった
発作のときなんて　心から憂鬱で不安で　たまらなかった
横になって　なにも考えないようにしていた
目を閉じると　いらないことを考えてしまうし
闇が嫌で　ずっと目を開いていた
そして　苦しさが過ぎるのを待った

俺の枕カバーは　どこにでも売っているようなタオルだった
このタオルに包まれていると　安心できた
なんでもないことに　しあわせを感じた
そのときの俺は　タオルに支えられていたんだと
いまは　身にしみて感じる
あのころの病弱だった自分を守ってくれた
唯一の支えのような贈り物だった

支えになったのはタオル。なぜか、おかあさんやおとうさんの姿が、少しも見えてきません。でも、誰もそのことは尋ねませんでした。

あたたかい手

ねえ　かあさん
あなたの手は
ときに　強く抱きしめてくれた
ときに　やさしく涙をふいてくれた
ときに　怒られ　叩かれ　冷たい手だと感じたけれど
どんなときでも
あなたの手は　あたたかい手

そんな手を持つあなたが　大好きです

「いいおかあさんだと思いました」

「親への感謝をすなおに言えていいなあと思いました」

次々に声があがります。

みんなが前向きの感想を述べるなか、一人だけ「ぼくは、親に感謝するような話に、いつも反発を感じてきました」と言う子がいました。

その子は、少し間を置いて、こう付け加えたのです。

「でも、いま気がつきました。ほんとうは、ぼく、うらやましかったんだなって」

さみしさを封印してきた彼が、自ら心の蓋を開いた瞬間でした。

最後に、作者のＡくんの話を聞いて、声を失いました。

「自分は、親とは赤ん坊のころ、二年だけしかいっしょに過ごせませんでした。だから、顔も覚えていません。こんなおかあさんだったらいいなあ、という夢を書きました」

「反発を感じた」といった彼も、はっと顔を上げ、Ａくんをじっと見つめていました。

その彼が、次の時間、こんな詩を書いてきてくれました。

愛について考える

愛って
もらうものではなくて　与えるもの
与えようとする気持ちこそが　愛
もらいたい気持ちは　欲

ぼくは　家族の愛を知らずに育った
だから　家族の話をきくと　いらだちしか湧かなかった
でも　それはうらやましかったからだ　と
いまは　素直に思える

愛を欲しい自分
愛を与えたい自分に　気がついたから
これからは

「与えてもらえる人になるため　人に与えていきたい」って思う

「世の中の人がみんなが、愛を与える人になれば、みんながもらえる人になると思いました」と、感想を言ってくれた子がいました。ほんとうに、そんな世の中になったらいいのにね。

3時のホットケーキ

小学校3年生のとき　学校から帰ってくると
おやつはいつも　ホットケーキ
決まって　お皿の上に3枚
友だちのところに行くときも
ラップに包んで持っていくのが　当たり前だった

小学校4年生のとき
お菓子屋さんでおやつを買って食べている子たちに
ホットケーキをバカにされた
それが　すごく悔しくて恥ずかしくて
次の日　お皿の上のホットケーキには手をつけず
友だちのところへ行った

そしたら次の日　テーブルの上に　ホットケーキはなかった

次の日も　その次の日も
おやつのない日々に　ガマンできなくなったぼくが
「おやつ代　ちょうだい」といったら　すごく怒られた
「みんなと同じように　お菓子屋さんでおやつを買って
みんなといっしょに　食べたいんだよ」
そう訴えると　すごく悲しそうな顔をされた
なんでそんな顔をするのか　ぼくにはわからなかった

いまになって　わかる
まだ若くて　急にぼくといっしょに暮らすことになったあなたは
どう接したらいいかわからなくて　一生懸命考えて
ホットケーキを焼いてくれていたんだね

いま　義母のことを「オカン」と呼べるようになった
いろんなことがあったけど　育ててくれてありがとう
あのホットケーキ　もう一度　食べたいな

やさしい嘘

ほんとうは　知っていました
あなたの子どもじゃないって

いつか　あなたは冗談めかして言いました
「あなたはね　わたしの子じゃないのよ」
驚いて　ぼくが聞き返すと
あなたは笑顔で「嘘よ」と言いました

けれど　ほんとうのことを知っているよ
ぼくを　傷つけないようにと
笑顔で放った　その嘘は
ぼくの心を　締めつけました

そして　あなたは　なにより大切なことを
ぼくに　教えてくれました
血のつながりを越えた愛が
この世にはある　ということを

「Bくんが、こういうことを書いてくれて、うれしかったです」

「ぼくは、感動して、涙が出そうになりました」

「Bくんと同じ境遇です。おれは、それでブチ切れて、道を外れてしもたけど」

「ぼくは、兄とは血がつながっていないけれど、母は、分け隔てなく育ててくれました。改めて、オカンは偉大だと思いました」

「いくらやさしい嘘でも、ぼくだったら、きっとその嘘を責めてしまうと思います」

「子どもを作るには、血がつながっていない人と愛を育まないとならないんだから、愛情って、血のつながりだけじゃないと思います」

Bくんが、大切なことを吐露してくれたので、みんなの心の距離がぐっと縮まりました。

ごめんね　おかあさん

おかあさんの後をどこまでも追いかけ　「抱っこ」と甘えていたボク
おかあさんがいなくなると　すぐに泣いていたボク
おかあさんに　いつも寝かしつけてもらい　いっしょに布団で寝ていたボク
おかあさんがいないと　なにもできなかったボクが
いつの日か　人の物を盗み　人を傷つけてしまった
いつもやさしい笑顔だったおかあさんが
はじめてボクに　涙を見せた
どこに行くときも　手をつないでくれたおかあさん
弱虫で泣き虫なボクを
いつもやさしい笑顔で励ましてくれたおかあさん
そんなおかあさんを　ボクは泣かせてしまった
その瞬間　ボクの胸が締めつけられるように苦しくなった
あのとき……あのとき

やさしい笑顔のおかあさんを思い出していれば
きっとボクは　悪いことをしなかっただろうし
おかあさんは　涙を見せること　なかった
ごめんね　おかあさん
ボクを　ちゃんと育ててくれたのに
ごめんね　おかあさん
悪いことをして
ごめんね　おかあさん
泣かせちゃって

おかあさんにこんど会うときは
「ボク　変われたよ」って
胸張って言えるようになっとくね

気の強い乱暴者だけが、犯罪者になるわけではありません。むしろ、気の弱い、自分を出すことのできない、おとなしい子の方が、少年刑務所にはずっと多いのです。そんな子は、「自己肯定感」が低いのが常。無理に変わろうとしなくていいのです。大切なのは「ありのままの自分に価値があるんだ」と気づくことです。

怒らない父

俺の父は　なにをしても怒らない
小２のとき　お菓子を万引きした
父は怒らない　やさしいな
小３のとき　家の前の駐輪場で自転車を燃やした
それでも　父は怒らない
小５で夜遊びを覚え　小６で原チャリのパクリをおぼえた
父は怒らない　やさしいから？
何度も何度も捕まるけれど
夜中だろうが　夜明けだろうが　仕事だろうが
父は　怒らずに迎えにくる
中１のとき　児童相談所へ
中２のとき　鑑別所へ
考えることは　遊ぶこと

審判の日　当然のように父が来て　保護観察に
半年も経たずに　また鑑別所へ
審判の日　父が来て　はじめてこう言った
「反省してこい」
そのとき
はじめて後悔と反省を
そして
父のやさしさを知った気がした
もう少し早くに　その姿を……

なにをしても怒らないやさしいおとうさん。でも、子どもにとってそれは「ぼくに無関心なおとうさん」と映ってしまったのかもしれません。おとうさん自身も、きっと自己表現が苦手な人だったのでしょう。家族とはいえ、黙ったままでは伝わりません。思いを言葉にして、コミュニケーションすることは、とても大事なことです。

オトン

曲がったことが嫌いで　子どもには甘い
そんなオトンが　好きやった

離婚してから　オトンは変わった
小学校のころは　一度も会いに来てくれんし
ぼくのことなんて　どないなってもいいんやって思った
中学生になったら　オトンは会いに来るようになったけど
いまさらなんやねん　って思っとった
悪いことをしたとき　オトンに怒られた
「父親面するなよ」って　オトンに言ったこともあったけど
いまは　その言葉を　後悔しとる
初めて二人で　酒を飲んだとき
「なんで小学校のとき　会いに来てくれんかったん？」

ってきいたら　オトンはちゃんと　答えてくれた
オトンにも　いろいろあったんや
オトンは　なにも変わっとらん
やっぱり　ぼくの好きなオトンや

ヒドイこと言って　ゴメンな
これからも　変わらずにおってな

親の離婚は、子どもにとって大きなショック。「ぼくのせいで喧嘩をして離婚になってしまった」と思いこんでしまう子もいます。「子どもに話してもわかるわけがない」と思わずに、きちんと子どもと向きあうことが大切。

「親との関係が修復できて、うらやましいです」

「ぼくは父と絶賛喧嘩中です。悪いと思っても謝れないので、いつか謝りたいです」

「短い中に、おとうさんの人生が見えるように思いました」

「Ｃくんのことが、少しわかったような気がしました」

教室の仲間も、さまざまな感想を述べてくれました。

詩が思いつかない

思いつかない
空を見ても
思い返しても
なにも浮かばない
ただ　考えている時間だけが
意味もなく過ぎていく
あー　めんどくさい
もう　これでいいや

「なにも書くことがなかったら、書くことがないって書いても、ええんやで」と教官が言ったので、Dくんがこんな詩を書いてきました。次の授業でみんなが真似をして、我も我もと「書くことがない」という詩のオンパレード。Dくんまで、これです。

詩が思いつかない　まさかのパート2

はぁ～　ため息一つ
意味のない時間が、またはじまった
自分は　また　あのときと同じめんどくささに　苦しんでいる
助けてください
目の前にあるマンガに　手が行きそうになる
ダメだ　ダメだ　しめきりは明日だ
ん？
前より長く書いたよね
じゃあ　これでいいや
まさかのパート２　でへへへへ

「Ｄくんのおかげで、みんなほぐれて、書きやすくなりました。ありがとうなぁ」

教官は、のんびり顔でにこにこしています。このクラス、いったいどうなるんだろう、とやきもきしていたら、三回目の詩の授業で、Ｄくんが、「涙」という詩を提出しました。

涙

仕事一本
ガンコな父
名前で呼ばれたことも
なかったから
必要以上
会話すらない
そんな関係である
ある警察官は
僕の父に質問をしました
「子どもを
漢字一文字でたとえると
なんですか？」
まっ白な紙に

大きく
大きく
書かれた文字は
「宝」でした
そのとき　ぼくは
おさえられない
なにかを感じました
数秒後には
キレイな
涙が流れていました

ごめんね、Dくん。心を開くために長い助走が必要だったんだね。扉が開いたとたんに転がりだした思い出は、宝石のように美しい光を放っていました。

Dくんを信じて、寛容に待つことのできた教官に、脱帽。

時流

サンタさんはいない　より
おとうさんはいない　を早く覚えた
いつ帰っても　だれもいない家には
知らぬままであるべきことが　散らかっていた

ありがとう　より
ごめんなさい　を多く使った
求められているものを　持っていなかった
母だから　こんなぼくでも　許してもらえる
愛してもらえる　とは限らない

自分の命を背負うには　まだ若すぎた
孤独を嫌う者で　群れをなし

寝床を探して　恥さらし
腹を空かして　見境をなくした

わたしは　あの日から大人になった

いまは　家族と呼べる人がいる
わたしは　どんなときでも　わたしでしかないが
いまのわたしを　必要としてくれる人がいる
だから　わたしは　どこでも幸せだ
いま　過ちを犯しても　待ってくれている人がいるから

あの日から　遠くなればなるほど
おかえりなさい　が聞きたくて

「母は芸者でした。なにをしても、怒られるばっかりで、ぼくは、いつもいつも謝っていました。家族って思えなかった。でも、いまは家族と呼べる人がいます」

結婚して、家庭を持ったのかな、と思ったら、違いました。母子家庭の子がビルの屋上や空き地に集まり、コンビニで盗んできたお弁当を分けあって暮らしていたそうです。

「そのときの仲間が、ぼくのほんとうの家族です」とEくんは胸を張りました。

家で親などに小言をいわれたときの心のつぶやき

家にいて　仕事がなかなか見つからなかったとき
生活保護で暮らしている母親の　内縁のだんなさんに
「おまえは　仕事もしないで遊び歩いて」
「俺たちの生活に　おまえは邪魔だ」と金をむしりとられ
「男ならもっと　生活を助けるようなことをしてみろ」と毎日のように言われたが
ぼくは　心の中では
「自分だって仕事をしていないくせに　えらそうなことを言いやがって」と思った

「親を敬うべき」「親に感謝して当然」というのが、世間一般の常識です。しかし、子どもを困らせたり、虐待するような親がいることも事実。不条理なことを押しつけてくる親を、嫌ったり避けたりすることができるようになるのも、実は自立と更生への大切な一歩です。

届くといいな

ぼくをよく殴った知らない男の人と　いっしょにいた
ぼくら兄弟を　捨てた
そんなおかあさんが　嫌いだった

だけど……だけどね

夜遅くまで　働いていた
疲れていても　話を聴いてくれた
ぼくら兄弟を　守ってくれた
そんなおかあさんが　大好きだった

この気持ち　届くかな？
おかあさんは　もういないけど

父と母から教わったこと

「あんたなんか産むんじゃなかった」という　母の言葉
ぼくを湖に突き落として殺そうとした　父の行動
小さい頃から　ぼくは
「生きていてはいけない人間」だと　教えられました

入水　首つり　薬の大量服薬……
病院のベッドで　母からかけられる言葉は
「まだ生きてたん？　死ねばよかったのに」でした

大人は　誰も助けてくれなかった
僕には　生きる意味も価値もありません

いまでも　考えは変わっていません

ぼくは　必要のない人間です
ただ　生きていくだけです
これからも　ずっと

「書いてくれて、ありがとう」

教官は開口一番、そう言いました。あとは言葉になりません。

「ぼくも、親から同じことを言われました。『あんたら兄弟なんか、産むんじゃなかった』って。でも、民生委員のおばさんが来て、『あんたのことを必要とする人もきっといるから、そう思って生きていきなさいね』って、言ってくれました」

親類、ご近所、学校など、親以外の大人と触れあえる場所があれば、救われる子もいるでしょう。

お金

ぼくはお金がすべてだと思っている
父は　借金を苦に自ら命を絶った
母が笑顔じゃないのも　泣いているのも　怒っているのも
お金がないせいだと思っていた

お金があれば　笑っていられる　お腹いっぱいになれる
人並みの生活ができる　母が笑っていてくれる……幸せになれる
そう信じていた　信じてここまで生きてきた

中学生のあいだは　幼い兄弟のため母のため　昼夜を問わず働き続けた
初給料を持って帰ると　母に「少ない」と言われ
そのお金で男と出かけ　一週間　帰ってこなかった
そのときは　もっと稼がなければと思っていた　必死だった
母に笑っていてほしかった

その後ぼくは　三人の子を持つ人といっしょに暮らし始めた
ぼくは　昔の生活が嫌で　怖くて　戻りたくなくて
お金になることは　何でもした
贅沢の限りを尽くした　昔の傷を癒やすかのように……
お金があれば　幸せだと思っていた
そして　ぼくは逮捕された　長い懲役に行くことになって
初めての家族は　何も言わずにぼくの前から消えた
そして母は　何も言わず自ら命を絶った　多額の借金だけを残して
お金はそれなりに残っている
でも……ぼくの欲しいものは何もない
笑っていてほしかった人　初めての家族　居場所　なんにもない
もう　どうすればいいのか　わからない
ただ幸せになりたかっただけなのに……
ぼくは認めない　お金だけがすべてじゃないなんて
でなければ　ぼくは何を信じて生きてきた？

すべてを失ったぼくに残ったお金は　とてつもなく嫌なものに見えて仕方ない

いつもしゃんと背筋を伸ばし硬い表情をしている彼の姿勢がぐらつきはじめ、表情がゆるんできたな、と思ったら、こんな詩を書いてきてくれました。

この作品には、さすがのみんなもショックを受けた模様。

「よく話してくれました」

「話してくれてありがとう」

そんな言葉しか出ません。

教官も「ありがとう。おまえがそれだけ、この教室のみんなを信用して話してもいいって思ってくれたから、書いてくれたんやね。先生、うれしいわ」と涙ぐんでいました。

「いままで、だれにも話してこなかったんですが、ここで言わなかったら、一生言えないだろうと思ったので、書きました」

胸が熱くなりました。

ゴメンな

君が産まれるとき　そばにおれんかった
顔を見たこともないし
抱っこもしてあげられない
こんなお父さんで　ゴメンな
一日でも早く会えるようにするから
いまはおかあさんと二人で
がんばってな

家庭に恵まれなかった子ほど、結婚して家庭を持ちたいという願望が強いのかもしれません。早婚ですでに子どもがいる受刑者も、稀ではありません。しかし、いいお手本を知らないので、家庭生活も困難なものになりがちです。彼らが、しあわせになりますように。

そして、どうか負の連鎖が、ここで断ちきられますように。

言葉

「いいんだよ」
「がんばったね」
「よくやった」
この言葉が　ほしい
この言葉が　ボクを幸せにする

「お前はアカン」
「でき悪い」
「お前はいらない」
この言葉は　いらない
この言葉は　ボクを不幸にする

嫌な言葉を言われると　自信をなくし

自分自身が嫌になる
好きな言葉を言われたくて　行動し
ボクは　ボクを見失う

一つ一つの言葉が　ボクを造る
一つ一つの言葉が　ボクを壊す

「好きな言葉を言われたくて　行動し　ボクは　ボクを見失う」という一節は強烈です。「叱るより、ほめて伸ばす教育を」と言われますが、親の期待に応えようとして背伸びし続けるのは、親から否定されるのと同じくらい、しんどいことかもしれません。

マリオネット

大人は
自分ができなかったことを　子どもに押しつける
子どもは
期待に応えようとして　自分を押し殺す

人は　人形じゃない
子どもは　大人の操り人形じゃない
心もあるし　夢もある

大人が　子どもの背中を押してあげれば
子どもは　しっかり応えてくれる

親は「あなたのため」「あなたの将来を思って」と子どもにさまざまなものを与えます。塾、ピアノ、スポーツ教室と、スケジュールがぎっしり埋まっている子もいます。いくら「よかれ」と思ってのことでも、やり過ぎは一種の「やさしい虐待」。子どもはだんだん息苦しくなり、やがて変調を来たします。それが内に向けば、引きこもりや自傷行為に、外に向けば、家庭内暴力や非行に走ることに。

目の前にいるその子の夢の種を大切に思い、そっと水をあげられる親になれたら、どんなにいいでしょう。もっと、子どもを信用してあげてもいいのかもしれません。

虚構と憂鬱

人間は　うわべに踊らされやすい
幻想を愛し　真実に背を向ける
捏造による名誉　神はそのような賛美を認めない

いまのわたしに必要なのは　まともな気晴らし
退屈することにも　退屈してきた
いまのわたしは　自分さえ救うことができない
この陰鬱な日々を　陽気に変える努力でもするかな

作者のＦくん自身による解説です。

「ぼくの母は、地域のまとめ役で、ぼくは、とても評判がよかったんです。それというのも、ぼくが、母の理想を実現するいい息子だったからです。ぼくは、母の教育が優れているということを周知させる存在でした。だから、いつも、母の顔に泥を塗らないことだけを心がけてきました。ぼくは、とてもうまくやっていました。ところが、いつのまにか上辺だけの、からっぽな人間になっていたのです。

僕は、人気を利用して人々を騙しました。卑劣な手段を用いて、親しい人々から搾取しました。自分が不正を働きながら弱い者を脅迫し、弱い者は不正を受けながらも、ぼくに詫びなければなりませんでした。そんな理不尽なことをしていたころのぼくは、完全に理性を失っていました」

Ｆくんは、次にこんな作品を書いてきました。

影響を受けた言葉

「他人に自分の夢を話してはならない　それは自分の弱点になる」
これを聞いて
安易に人を信じて心を許すと　利用されかねないんだなと思ったし
夢は　お金になることに気づきました

「自分が楽しければ　それがすべて」
これを聞いて
自分が楽しければ周囲を気にする必要がなく
好きなことをすればいいんだな　と思いました

「みんなに意見を聞いて　みんなに解決策を決めさせればいい」
これを聞いて
人をまとめる立場で　困難に直面したとき
こうすれば　メンバーを信頼していると示せて

自分の立場を守れるな　と思いました

三つの話の共通点は　根本的に人を信じないこと
自分自身が信じる道に進めばいい　ということ
これらを意識することで　うまく立ち回れるので
この考え方に基づいて生活していけば大丈夫という
「お守り」の言葉です

脳に焼きついて離れないので
わたしにとって　よっぽど魅力的な言葉だったんだなと
しみじみ感じています

必死でおかあさんの理想の息子を演じようとし、演じる能力もあったＦくんは、無理に無理を重ねた挙げ句に「からっぽな人間」になってしまいました。そんな彼の心には、巷で聞いた「実利的」な言葉のほうが、強く響いたのでしょう。悲しいことに、刑務所に入ったいまも、それが響き続けているのです。

次の作品も、Ｆくんのものです。

目指すモノ

マイナスをゼロに近づける
ゼロをプラスにはできないが
維持することはできる

「マイナスってなに？」と聞くと、Ｆくんは「前科者だということ。犯罪歴は一生消えません。もう絶対に一流企業に就職できないし、警察官にもなれない。普通の暮らしはできません」といいました。確かに世間には、きつい差別の目があるでしょう。

しかし、Ｆくんもまた自分で自分に「落伍者」の烙印を押しています。親から与えられた物差しで自分を測り、一生しあわせにはなれない、と固く信じこんでいるのです。それは、差別の内面化による「自己差別」に他なりません。

そんなＦくんでしたが、最後の授業では、「いろんな人の過去を聞いて、ぼくが知りえない環境で生きてきた人がいることを知りました」と語ってくれました。

これをきっかけに、Ｆくんが「この線をクリアしなければ、しあわせになれない」という呪いから解き放たれてくれることを、願っています。

負けたくない

娑婆《しゃば》に見返したい奴らが　いっぱい居てるから
早くこんな所出て
そいつらに負けへん人間になりたい

前作の刑務所詩集に、こんなエールが寄せられたことがありました。

「どん底まで堕ちた人間が社会に受けいれられるためには、つまずかなかった人間の百倍の努力が必要。認めてもらえるまで絶対あきらめないという、強い覚悟を持ってほしい」

この詩は、まさにそれに応えるような作品。思わず「がんばれ」と励ましたくなります。

でも、教官もわたしも、少し心配になってしまいました。力みきっている人ほど、少しでもつまずくと、どーんと落ちこんで自暴自棄になりがちだからです。それが、再犯のきっかけになることも。力まずに、ぼちぼちいこうね。

評価

人から評価されることに　嫌気がさしていた
うまく仕事ができれば　褒められるが
いつもうまくやれるはずもなく
評価を気にしすぎて　仕事に手が着かないことがあった
男女関係も同じだ
外見や内面を評価され
相手に認められて　はじめて関係が成立する
人に評価される生活に　強いストレスを感じていた
評価する・されるは　日常当たり前のことで
自然なことだと　わかってはいるけれど……
自分が弱いのはわかってる　わかってるよ
わかってるなら　強くなれるはず
明日の自分は　昨日より強くなってるかな

自分

プライドや面子《めんつ》のために　自分を痛めつけ
日々　折れそうになるのを　怒りでごまかす

俺　何しとるねん……

弱い自分、小さい自分を素直に受けいれ
自分らしく　自分の道を歩きたい
自分を思ってくれるすべての人のために

刑務所に来ている子の多くは、親から、先生から、友だちから、いつもいつも「×」をつけられてきた子。そのために、自己肯定感が低くなり、自分に自信が持てません。他者から評価されるのが怖くて、自分はどう見えるだろうかと、常にビクビクしています。傷つくことにとても敏感で、自分を守る鎧（よろい）としての「プライド」に凝り固まることも。それがまた、彼らをさらに苦しくさせてしまいます。

教育を受けて変われたと思うこと

いままでは　少しでも苦手だと思う人とは話さず
話しかけられても　相づちを打つ程度だったのが
この教育を受けるようになってから
苦手な人のところに　自分から話せるようになっています
教室では　嬉しかったことや困ったことを言えて
心の中がすっきりした気持ちになりました

Gくんは、体が小さくおとなしい子。話すことが極端に苦手で、なかなか言葉が出ません。まるで、それをごまかすように、いつもわけもなくにこにこしていました。その対極にいたのがHくん。体も大きく強面（こわもて）なHくんは、Gくんが一番苦手とするタイプでした。ところが、Gくんがこの詩を発表したときに、一番最初に「成長できてるやん」と声をかけてくれたのが、Hくんでした。すると、みんなが次々に「はじめて会ったときと、ずいぶん感じが違います」「成長していると思いました」と言ってくれました。Gくんは、照れくさそうに言いました。「自分では成長していないと思っていたけれど、みんなにそう言ってもらえて、そんな気がしてきました」その笑顔は、ほんものでした。次の授業でのGくんの作品です。

生きること

人は一人では生きていけない
誰かの為に何ができるか　日々考えて生きていきたい
そうしたら僕自身も
生きていてよいのだと　思えるだろうから

教官は、感極まって声も出ず、うっすらと涙を浮かべています。Ｇくんは、自分が生きていていいと思えず、生きていていい理由を求めているのでした。なぜ、と思ったら、次に書いてきてくれた詩に、その秘密が明かされていました。

最近思うこと

僕は　誰からも必要とされていない人間だから
自分から死のうとしたり　家族や彼女に殺されそうになっても
何も言ったりせずに　受け容れていることが多かった
でも　最近は
こんな僕でも　必要としてくれている人がいるってことがわかり
僕も　生きていてよいのだと思えるようになりました

Ｇくんは、強い虐待を受けてきたのでした。にこにこ顔は、Ｇくんが自分の身を守るために発明した「鎧」。人から嫌われないようにと無理に浮かべていた自己防衛のための偽の笑顔だったのです。

それが、この授業に参加するようになって、だんだん作り笑いが消え、ほんとうに笑えるようになりました。教官は「弱いところを正直に見せてくれてありがとう」といいました。弱さをさらけ出せることが、強さになっていくのです。

次の詩は、彼が、最後の授業で書いてきてくれた作品です。

気持ち

これから先　どんなことがあるかわからないけど
少しでも　僕のことを必要と思い
気に掛けてくれている人がいることを　忘れずに
前向きに生きていきたいと　思えるようになりました

あのＨくんが、Ｇくんが詩を朗読し終えるのを待ちかねるようにして、机から身を乗り出して言いました。

「おれ、おまえのこと好きだから、死ぬんじゃないぞ」

Ｇくんは、Ｈ君を見て、うん、とうなずきました。

つぶやきを書きます

ぼくは滋賀県にすんでいた時にぼくは小四の時に6才の弟といっしょにきっさてんにいって、中に入ってせきをすわってメニューのことをホットケーキとバターラスクを食べたいこともぼくと弟といっしょにきめる。ぼくは小四のときにホットケーキとバターラスクをたべる前にきっさてんのトイレをかしてもらってホットケーキをたべる前にトイレをはやくすましました。トイレをすましたあとにぼくと弟といっしょにホットケーキをたべてました。バターラスクをいっしょにたべてました。ぼくは小四の時にきっさてんの行く所に覚えていました。よるきっさてんに行って中に入ってホットケーキをたべてました。バターラスクをたべてました。ぼくは小四の時に弟といっしょに滋賀県きっさてんでホットケーキとラスクをたべおわったあとに店の人にお金をきっさてんはたらいとる人にお金をわたしました。ぼくは小四の時に弟といっしょにきっさてんから出てきっさてんから出てぼくと弟といっしょにコンビニローソンの所まであるいてマンションの所をあるいていってローソンの所について中にはいってコンビニのおねえちゃんのいる所にタコヤキを買って店の人にお金をわたしました。お金をわたしおわったあとにローソンの店から出て家に帰ってスーパーファミコン星のカービィのゲームであそんでいるました。ぼくは小四の時に滋賀県にすんでいた時にぼくは小四の時に幼ちえんの子を５才のけんた君とさとる君といっしょにぼくは滋賀県にすんでいる所、かせつ２階の家のかいだんの上にあがってけんた君とさとる君といっしょにかいだんをあがりました。かいだんをあがったあとにぼくは小四の時に弟がゲームであそんでいるところをぼくは家にあそびにきた人とさとる君にあんないしてあげました。ぼくは小四の時に家につれてきたけんた君とさとる君の２人ぶんのぶんをぼくは小四の時にローソンでパン２人ぶんとジュース２人ぶんを買ってあげてローソンの店の人にお金を三百円わたしました。ぼくは出所したらアルミかんひろい北斗の拳くらいひろています。

Ｉくんは、話しだすと止まらない子でした。まるで、小学校から帰ってきた一年坊主がおかあさんに「あのね、あのね」と矢継ぎ早にお話しするような調子です。仲間の詩の感想を述べるときにも、連想ゲームのように話がどんどんずれていって、いつまでたっても終わりません。教官が制止しないと、どうにも話しやまないのです。

Ｉくんは、つかえながら間違えながら、いっしょうけんめいにこの詩を朗読してくれました。「ぼくは小四の時に」と繰り返される声に、涙がこぼれました。暗い夜道を、弟と二人でとぼとぼと歩いていく姿が、目に浮かんだからです。

「弟さんの面倒を見てあげて、えらかったね」と言うと、「うん。ぼく、小四のときには、結構しっかりしてたんやで」と誇らしげに胸を張り、ぱっと笑いました。

次の授業で、びっくりするようなことが起こりました。仲間の詩の感想を述べる順番が、彼に回ってきたときのことです。Ｉくんは「ぼくは、○○くんの気持ちは、知っていましたっ」と勢いよく言ったきり、ぴたりと黙ったのです。教官がびっくりして、思わず「それだけで、ええんか？」と聞きました。すると「はい」とうなずきます。

それからは、彼が感想を述べる番になると、たいがい「○○くんの気持ちは、知っていました」だけで、スッと終わるようになりました。「知っていました」というのは、Ｉくん流の言い方で、「○○くんの気持ちがよくわかりました」という意味です。それまで、みんなにちょっと疎ましがられていたＩくんでしたが、この日から、教室のマスコットのような存在になりました。いつも無邪気な笑顔を見せ、教室の雰囲気を和ませてくれます。

文中に出てくる「北斗の拳」はマンガのタイトル。主人公が、無数の手をすごい勢いで繰りだす拳法が人気です。出所したらアルミ缶拾いを「北斗の拳くらい」がんばるという彼が、愛しくて切なくてなりません。

想いと行動

認められたい　と想っている
成長したい　と想っている
でも……行動……できない
でも……意識……できない
普通の人なら　できるらしい
僕にはできないから　みんなに言われる
「口だけや」
「嘘つき」
この想いは　口だけじゃない
この想いは　嘘じゃない
どうすれば　伝わるだろう
どうすれば　理解してもらえるだろう
この　熱くて強い想い

行動のついていかない　悔しさともどかしさ
理解してもらえるよう　伝えてみよう
そして　行動できるよう　努力を伝えていこう

「発達障害」が注目されるようになってきました。

個性の一つなのですから「発達凸凹（でこぼこ）」と呼んだ方がいいかもしれません。

大切なのは「理解」です。なにが苦手なのかを理解できれば、対処する方法や、困難を緩和する方法も見つかるでしょう。音に過敏すぎる子が、イヤーマフをつけただけで、ぐっと落ちつくことさえあります。

適切な対処ができれば、本人も周囲も、ずっと生きやすくなるはずです。

交通事故で障害者になって

私は　十九歳の時に交通事故に遭いました

交通事故をした日の記憶が　まったくなくて
気がついたときには　病院に入院していました
骨折した足は　すっかり治っていましたので
自分が　なぜ入院しているのか　わかりませんでした
なぜ付添人がいるのだろうか　とも思いました
親が会いに来てくれて　はじめて　自分が交通事故を起こしたこと
事故当時　私が暴れたため　付添人がついているのだと　聞きました

退院するとき
自分が「高次脳機能障害」という障害者だと聞きました
事故で　脳の損傷を受けたための後遺症だそうです

「なんやろ？」と思いましたが「ま　いっか」と思いました

退院しても　なかなか物事が覚えられなくて
両親との些細なことで感情を爆発させてしまい
刑事事件になって　何度も家出をしました

いま　刑務所で務めていますが
裁判の時に　自分の障害「高次脳機能障害」は
記憶障害・言語障害・人格変化など
症状は多岐にわたるのだと　はじめて知りました

人並み

自分では　人並みだと思っているけど
いろんな人から「遅い」と言われます
運動神経が　悪いわけじゃないけど
遅いと言われるのは　やっぱり嫌です
遅い　と言われるので
遅い　と言われないように
早くやろうとしても
やっぱり「遅い」と言われます

周囲から「遅い」と責められるのは、さぞつらいことでしょう。「仕事がていねいだね」と言ってくれる人がいたら、彼もどんなに楽になるでしょうか。

階下のマンホール

わたしは　毎日　階下を通るとき
マンホールを踏もうか　かわそうか　迷います
今日もまた　迷いました
明日もまた　迷うと思います

Ｊくんには吃音があり、話すのがつらそうでした。そんな彼が、自分の小さなこだわりを詩に書いてきてくれました。みんなが「Ｊくんらしい」「自分にもそんなところがある」と受けとめてくれました。すると、これをきっかけに吃音が軽減し、やがて少しもどもらなくなったのです。いまでは、ごく自然に会話をしています。

石ころ

外に出れば　たくさんある石ころ
でも
同じ形の石ころなんか　見たことがない
大きくて丸いやつ
小さくてもゴツゴツしてるやつ
平べったいやつ
ツルツルしてめっちゃキレイなやつ
百個あったら　百個とも違う
人間みたいやなぁ　石ころって

「運動場で石ころ見ていて思いました」とKくん。ほんとうに百人百様。それを互いに認めあえれば、だれもがずいぶん楽に生きていけるようになるはずです。

ひとつのこと

ひとつのことでも
なかなか思うようにいかないから
ぼくは
ひとつのことを
一生けんめいやっています

なんて健気（けなげ）な！　傍（はた）から見たら、全然できていない、足りないと思えても、本人が必死でがんばっていることもあります。できないことを責めるのではなく、できることを認めてあげるだけで、その子の未来は、大きく変わっていくことでしょう。

お姫さま

ピンクが世界一かわいい色だってコト
生まれたときから　知ってたよ
「お姫さまみたいだね」って
子どものとき　しょっちゅう言われてたよ
それって　やっぱり
前世も
その前も
わたしたちは「お姫さま」だったっていう　証だよね

かわいい黒はもっと好き

「わんこ」とか「にゃんこ」とか
動物はみんな　完璧にかわいい姿で生まれてくるから　洋服は必要ない
人間は「かわいい服」を着てこそ「かわいい私」になれる
でも
それが　すごく楽しくて幸せなんだ
今年の春は　なんだか
いつもよりかわいい私になれちゃう気がするんだ
桜前線よりも早く　毎日着たい
「かわいい黒」のお洋服を捜しにいこう

「お姫さま」も「かわいい黒はもっと好き」も、Lくんの詩です。自分のすなおな気持ちを詩にしてくれました。

最近、ようやく知られてきたのが「性同一性障害」。体と心の不一致に悩み、周囲に打ちあけられずに苦しんでいる人が、たくさんいます。「男は男らしく」と言われてしまうこの社会では、ほんとうに生きづらいことでしょう。そのために、自己肯定感が極端に低くなってしまうこともあります。しかし、これも「発達凸凹」といっしょで、「病気」ではなく、一つの個性なのです。

「ほんとうの自分」を表現できれば、それだけで救われます。それを仲間が受けとめてくれれば、ほっとします。教室のみんなは、からかったりバカにしたりせずに、自然に受けとめてくれました。ありがとう。みんな、やさしいね。

風

夏の毎朝のふく風が
気持ちい

「あー、気持ち、い」と深呼吸したときのつぶやきを、そのまま文字にしてくれたMくんには、ひどいチック症状がありました。顔も体も引きつるくらいに痙攣(けいれん)しています。

「刑務所はクーラーないから、朝だけだよなあ、気持ちいいのは」

「ほんと、朝は気持ちがいい」

Mくんの詩に、みんなが共感してくれました。

「こんな短いものしか書けなくて、なんていわれるだろうって心配していましたが、書いてよかったです」と、Mくんが、うれしそうにいいました。その彼を見てびっくり。あのひどいチックが、まるで魔法のように止まっているのです。

次の月、Mくんのチックが再発していました。でも、他の子が詩を読み、Mくんがその感想を述べただけで、またチックが消えたのです。

「自己表現」を「受けとめてもらう」ことが「癒やし」につながることを、つくづく感じさせてくれたMくんでした。

刑務所はいいところだ

刑務所は　いいところだ
屋根のあるところで　眠れる
三度三度　ごはんが食べられる
お風呂にまで　入れてもらえる
刑務所は　なんて　いいところなんだろう

タイトルに思わず笑ってしまいましたが、聞いているうちに、涙がこぼれそうになりました。Ｎくんは、育児放棄をされた子。親は生活苦で自暴自棄になり、いつ家に戻ってくるのかわかりません。電気も止められたまっ暗な家で一人きりの彼は、お腹が空くと、コンビニの廃棄弁当を盗みにいったそうです。

「宿題で、詩を書いてきてくださいね」と言ったとき、「先生、シュクダイってなんですか」と聞いてきたのも、彼。小学校にも行けなかったので、「宿題」という言葉も知らなかったのです。

そんな子が、結果的に「犯罪者」になってしまったのだと、胸が締めつけられました。

この詩に賛同する子は、さすがに一人もいませんでした。

「ぼくは、やっぱり家族といっしょに暮らしたいです」

「シャバで、ダチといっしょに遊んでいるほうが、いいです」

「外に出て仕事をして、早く一人前になりたいです」

「以前、医療少年院におりましたが、そちらの方がここよりずっと待遇がよかったです」

Nくん、否定されたと思って傷ついてはいないだろうか、と顔を見ると、なんと、満面の笑みを浮かべているではありませんか。

「みんなに、いろいろ言ってもらえて、うれしかったです」

ろくに言葉もかけてもらえない人生だったのでしょうか。さらに、彼がこういったので、わたしはびっくりしてしまいました。

「いろんな感じ方、いろんな意見があるんだなあって思って、勉強になりました」

まるで、金子みすゞの詩「私と小鳥と鈴と」の「みんなちがって、みんないい。」のようです。

このとき「共感」だけが「受けとめ」ではない、と知りました。違う意見でも、相手を否定せず、きちんと自分の気持ちを述べれば、「受けとめ」になるのです。人と人として対等に向きあうことが肝なのでしょう。

誰に言われるでなく、自然とそれができてる彼ら、すごいと思いました。

孤独な背中と気怠さと

気怠く笑う耳が千切れそうなほど笑い声が鳴り響いて
強く胸を締めつけるから　だれにもわかんないように耳をふさいで
独りあるく夕暮れの空　目の前には笑いつかれた少女が独り
ボクは今　孤独な背中と夢の中　気怠さと笑い声のオンパレード
ボクは今　孤独な背中と夢の中　真っ白な空の下　時が止むのを待っている
ボクは今　孤独な背中と気怠さの中　無音無色の世界が見えた
ボクは今　孤独な背中と気怠さの中　無感情な少女が独りいた
目が覚めたボクは真っ白な部屋の中　小さな窓とベッドといすが一つずつ
自分以外だれ一人いない小さくて白い部屋
窓から見えるキズだらけの空
地面に叩きつけられた雨音に胸を締めつけられ
だれにもわからないように窮屈そうに声を出した　その声に少しぞっとする
冷めた表情　伏し目のまま　笑いつかれた少女が　キズだらけの空を見た

泣き顔　小さな目　丸まった背中の少女が　仏頂面な空を見た
ボクは今　孤独な背中と夢の中　気怠さと泣き声のオンパレード
ボクは今　孤独な背中と夢の中　仏頂面な空の下　雨が止むのを待っている
ボクは今　孤独な少女と夢の中　無音無色の世界を見た
ボクは今　孤独な少女と夢の中　窮屈そうな声を見た
冷めた声　伏し目の少女は両手を広げてとび立った
ボクはそれを見送ったあと　目を閉じた

Oくんは、ほとんど口をきかない「緘黙（かんもく）」の子でした。みんなで絵本を朗読しているときも、教室の片隅で、ひとり膝を抱えてうずくまっていました。

そんなOくんが、最後の授業のとき、突然、こんな詩を提出してくれたので、心底驚きました。やるせない心の痛みと深い孤独感が、言葉に結晶しています。この詩は、多くの手続きを経て、詩の同人誌「紫陽（しよう）」23号に掲載されました。

「書いてよかった。いままで、何でもやりきれなくて、やりたい事もなかったけれど、一つ『やりたいこと』ができました。それは、詩を書き続けることです」

はじめて聞かせてくれた肉声に、涙が出るくらい、うれしくなりました。

獣の心

人の持つ知性は　すばらしくて美しい
けれど同時に
どうしようもなく醜くて　恥ずべきものだ

どうして人は　こんなにも賢いのだろう
どうして人は　考えることができてしまうのだろう

人さえ獣であったなら　世界はもっと美しくなっていただろうに
人さえ獣であったなら　こんなにも苦しくなくて　済んだだろうに

もしも　全知全能の神が　人をつくったとしたならば
わたしは　聞いてみたい
なぜ人に　知性を授けたのですか　と

「人さえ獣であったなら」のリフレインが、美しく悲しく響きます。確かに、人類さえいなければ、テロも戦争も環境汚染もなかったでしょう。弱肉強食の掟があっても、「罪」を犯す者のいない世界だったに違いありません。

教官は彼に、こう語りかけました。

「みんなの前で、こんな心を出してくれて、先生、ほんまうれしいわ」

人間

人間という
　生き物が
　　一番悲しい
　　　生き物です

夜

月明かりが落ちる部屋で　一人　光を待つ
怖くて眠ることもできず　膝を抱えこむ
何度も時計を見ては　ため息をつき
ただ　光がさしこむのを待つ
静けさに耐えられずに叫び　涙を流す
泣かれた涙は　見えない何かに　ふれては消える
光が射すと　僕は深い眠りにつく
そしてまた　月明かりが落ちる部屋で　一人　光を待つ

「夜、眠れません。夜が怖くて、暴れてしまうこともあります」

小さな監房で、鉄格子のはまった窓を見あげる彼の姿が浮かびました。

火

火は　すべてを包み込み
火は　すべてを燃やし尽くす
火は　メラメラと燃え
火は　見るものを虜にする

「友だちの家が火事で燃えてしもたんで、ほんまやなあと思いました」

「自分の人生、ぜんぶ燃やして、リセットしたいです」

「寒いときの焚火(たきび)は、あったかくて大好きです」

「夏のバーベキューもいいなあ」

詩の中の火を囲んで、みんな、思い思いの火のイメージを語りあい、まるでキャンプファイヤーでもしているような、あたたかな時間になりました。

犬

物心ついたころから　犬を飼っていた
その子犬はまっ黒で　病的に痩せていた
わたしには　どうすることもできないのに
犬は　わたしに向かって唸《うな》りつづける
まるで　わたしが憎い　とでもいうように
だから　わたしは犬を隠すことにした

やがて犬は　凶暴かつ狡猾《こうかつ》に育ち
わたしに唸り散らすのは　やめてくれたが
ろくなことをしなかった
何度も　町に捨てにいったが
犬は何度でも　帰ってきてしまう
わたしは　頭を抱えこんで唸った

犬は　能力以上のモノを欲するようになる
そのために　どんな汚い世界にでも踏み込んだ
でも　犬がほんとうに求めているモノは
手に入らないことを　わたしは知っている
犬は　その生き方を選んだのにも拘わらず
必死になにかに　繋《つな》がろうとした

いま　わたしは犬に告げる
生ある限り　生きろ
そして　わたしと共にあれ

愛することができるか　そうでないのか
確かに　その違いで　世界は異なるだろう

黒い犬に託して心を語ってくれたのは、「サンタさんはいない　より　おとうさんはいない　を早く覚えた」ではじまる「時流」（四四頁）を書いてくれたEくんです。次の詩も。

塔

「俺なんて…」
その言葉で
どんな望みも
切り捨てていた

しかし　路上生活者のわたしは
雲を突き刺すように建てられた
あの塔に　心を奪われた

塔が建つ前
あそこは　ただの更地だった
わたしは　わたしを越えることができるだろう

わたしも　あの塔のように高くありたい

Eくんは、中学時代から、家出を繰りかえし、母子家庭に育った友だちたちと徒党を組んで、野宿のような暮らしをしていたといいます。

「別に、母子家庭だから集まったわけじゃないんです。ほんとうに偶然、そういう子が友だちだっただけなんです」

彼はあえてそう強調しますが、偶然であるはずがありません。

そんな暮らしをしている子どもたちが、今の日本にいるのだと知り、胸が痛みました。日本にはストリートチルドレンはいない、のではなく、見えにくいだけなのです。

真理

痛い！
背中を押されて　ぼくは地面に転がった
誰がこんなヒドイことをするんだろう
後ろを見た　黒い人だ　全身真っ黒
影のようにも見えるけれど　実体がある
顔を見た
ワラッテいるのに　目が恐ろしいほど怖い
やがて　ワライがやんだ
ぼくは本能的に跳びあがり　叫びながら走りだした
風が冷たい　走りながら後ろを見た
黒い人が　ワライながら追いかけてくる
ぼくは必死で走った
後ろから　声が聞こえてくる

ぼくは　無我夢中で走った
息が苦しくなって　足をゆるめ　地面に手を突いた
さっきまで聞こえていた声が　しない
ほっとして　ぼくは立ちあがった
肩に　ふいに手のようなものが触れた
全身に力が入った
息を落ちつかせて　後ろを見た
そこには　知らない人がいた
その人が言った
「逃げるから　怖いんだよ」
ぼくは気づいた
すべてを悟った

怖い映画の一場面のような詩に、こんな感想がありました。「事件を起こしてから捕まるまでの間が一番怖かったです。捕まったときには、逆に安心しました」

心色

心が発する色
それは日々変化する
落ち込んでいるときは　暗い茶色や黒
情熱的で輝いているときは　まぶしい赤や黄　オレンジ色
みんなでたのしく話しているときは　黄緑色

今　ぼくの心が発している色は
悲しみの青に　どんよりかかる黒
劣等感と自責の念に　はさまれて
心が苦しんで　涙を流している
このままではダメだ　と思うのだけど
どうしようもできず
ぼくはただ　突っ立っているだけ

ただ　今は少しずつではあるけれど
心をなぐさめて
励ましてあげる
それぐらいしかできない
今は　どす黒い青
ときどき　水色
心が発する色
今は　弱々しい

だけど　いつか　きっと
輝くように　歩みたい
この心とともに

大切な色

みどり
あお
しろ
みんな　この世に大切な色
この色をみていると
なぜか　何もかもわすれられる
みんなみんな　大切な色

「書くことがなかったら『好きな色』について書いてきてね」といったら、さまざまな作品が、集まってきました。「心の闇」といいますが、罪を犯した者でも、その心の色は、まっ黒な闇一色ではありません。彼らの心のなかにも、虹のようにさまざまな色が広がっています。みんなみんな、大切な色。

26

ギターのチューニング

たるみきった弦をチューニングする
この時の音がなんとも心地いい
指で音叉《おんさ》をはじき
四四〇ヘルツであるＡの音を出し
それを元にそれぞれの音を合わせていく
始めは合っていなかった音が
弦を張ることで
少しずつ音の曲線を描きながら変化し
やがて　その弦が出すべき音のところでピタッと止まる
そして　その音は僕の中でしっくりとし　また心地よくもなる
それから次に　それぞれの弦を一本ずつ弾いていく
すべて「ここ！」ってところ音色を響かせると
僕のこころは　なんともすがすがしく

うっとりしてしまう
その音色たちは
それぞれに個性をもっているけれど
そのどれもが凛《りん》として美しく
温かみを持って　僕に語りかけてくれているように感じる
最後にＡのコードを弾く
個性をそれぞれもった音色たちが
協力して一つのハーモニーを作り出す
それは心の中のすみずみにまで響きわたり
心地よくなると同時に
さあ　これで準備ＯＫだ！
思う存分弾いてくれ！
と僕に言ってくれているような気がする

夏物語

浮かれた気持ちで階段下りて
「あとでね」って手を振るきみの
浴衣姿を想像して
顔を赤らめたんだ
汗のにおいも　蟬の鳴く声も
ぼくらだけの夏物語
想像してたよりずっと　きみの浴衣姿はかわいくて
目を合わせないように　空を見上げてみたりして
恥ずかしくなって　少し素っ気ない態度だけれど
きょう　ぼくは君の手を握るんだ

川辺の石段に腰を下ろして
「まだかな」ってはしゃぐきみの

髪をそっと撫でてみて……
なんてできないけれど
りんご飴も　星の光る空も
ぼくらだけの夏物語
花火で光るきみの横顔が　とてもかわいくて
気づかれないように　横目で見つめたりして
勇気が出なくて　少し焦りはじめているけれど
きょう　ぼくは君にキスすると思うんだ

彼らも、ふつうの男の子。ギターを弾いたり、恋をしたりしたいのです。かわいいなあ、と思うとともに、ちょっぴり切なくなりました。早く外へ出て、夢を叶えてほしいな。彼らが夢を叶えられるような、心やさしい世間でありますように！

大阪新世界

ぼくの大好きな街　新世界！
「通天閣」「ジャンジャン横丁」「串カツ」といろいろ名物があるが
忘れてはいけないのが「大阪のおばちゃん」と「ホームレス」
悲しいことに　新世界に行くたびに
ホームレスの人が少なくなっている
別にこれといった迷惑をかけたり
悪いことをやっているわけでもないのに
無理矢理　住んでいた段ボールの家を追い出されて
行き場をなくす……
ホームレスの人がいるから「観光客が来ない」「街が汚れる」
とか言ってる世の中の人が　ぼくは　ほんとうに許せません！
そんなん言うんやったら
「あんたらがこの町に来るな」って　声を大にして言いたいです！

……少なくともぼくは
観光客みたいな人が来なくなり
「ガラの悪い街」に戻る日がくることを願ってます

はじめて大阪市西成区の釜ヶ崎に行ったとき、「怖い」と思いました。

でも、だんだんわかってきました。そこは行き場を失った者たちの最後の避難所。なんとか自力で生きていける仕組みのあるやさしい場所なのだと。釜ヶ崎のような場所が消えてしまったら、ほんとうに行き場をなくしてしまう人々がいるでしょう。

「ホームレス」を見つめる彼の眼差しが、心にしみます。

薬物

「ダメ。ゼッタイ。」
その言葉をいまは痛いほど感じる
始まりは十五歳の中学三年生のとき
暴走族の先輩が吸っていたシンナーを見て
好奇心から自分も吸い始めたのが始まりだった
それから大麻、チョコ、MDMA、コカイン、
ケタミン、ラッシュ、リキッド、LSD、覚醒剤……
ありとあらゆる薬物を使用した
気づいたら自分は完全に薬物のとりこになっていた
時と場合によって薬物の種類を変え
それぞれの薬物の楽しみ方をしていた
薬物をやらない友達や先輩に
薬物をやめさせられるため何度も殴られたりした

薬物で三度逮捕された
ダルクにも行った
精神病院にも入院した
でも　どんなことがあっても
友達よりも家族よりも何よりも薬物を取った
その結果　数え切れないほどたくさんのものを失った
失ってはじめて失ったものの大切さに気づいた
気づくのが遅かった……
信用など失うのは簡単だけど
取り戻すのはむずかしいし時間がかかる
いまは取り戻すため努力している
でも　すごく大変だ
やっぱり薬物は
「ダメ。ゼッタイ。」

よく「軽い気持ちで薬物に手を出して、取り返しのつかないことになる」といいますが、少年刑務所で会った薬物依存者たちは違いました。心に深い傷を抱え、薬物に逃げることで、つらい現実から逃れようとしていたのです。彼らにとって薬物は、生き延びるためのぎりぎりの手段だったのです。結果として、それがさらに彼らを苦しめることに。

薬物から離脱しなければならないことは確かですが、その原因となった生きづらさが解消されなければ、離脱は困難。彼らに必要なのは、なによりもまず「心の癒やし」です。

「ダメ。ゼッタイ。」は、薬物乱用防止の標語。しかしこれは逆効果だと、ダルク（薬物依存からの離脱プログラムを行う自助グループ）の関係者は言います。「ダメ。ゼッタイ。」は、一度でも手を出したら、もう取り返しがつかないよ、という呪いの言葉。手を出した時点で、自分はもうダメなんだとあきらめて、自暴自棄になってしまいます。

「きょう一日、がんばろう」というのが、一番いい離脱の方法だといいます。何度失敗しても、やり直したらいい。その積み重ねのなかで、だんだん自信がついてくるのです。薬物依存からの離脱とは、それを一生続けることなのです。

好きなもの

わたしの好きなものは　カクセイザイです
もうつかまりたくないので　使用しません
一度でも使うと　またずっと使いそうで　いやです

教官はすかさず「そうか、自分の好きな物を正直に言えるのは、いいことだね」と言いました。「覚醒剤が好きだなんて、とんでもない！」とお叱りの言葉が聞こえてきそうですが、実は、素直にこう言えることが大切です。自分の弱さを認めること。それを誰かに吐きだせること。弱さを隠し、虚勢を張れば張るほど、薬物依存からの離脱は困難になります。

人生

人は一度死ぬと　生まれかわることはできぬが
人は生きている間は　何度でも　生き方を変えることができる

そうです。「ダメ。ゼッタイ。」なんてことはない。何度でもやり直せます。
そのことに気づいた彼は、もう、明るい道への一歩を踏みだしているのでしょう。

今こそ出発点

人生とは毎日が訓練である
自分自身の訓練の場である
失敗もできる訓練の場である
生きていることを喜ぶ訓練の場である

今この幸せを喜ぶこともなく
いつどこで幸せになれるか
この喜びをもとに全力で進めていく

自分自身の将来は
今この瞬間ここにある
今ここで頑張らずに
いつ頑張る

いい心がけです、百点満点です。

と思いがちですが、違うのです。こんなしっかりした詩を書いてくる子ほど、ガチガチに緊張して、なかなか心を開くことができません。

Ｐくんもそうでした。いつも胸を張っていて、姿勢が少しも崩れません。「生きていることを喜ぶ」ことさえ、「訓練」であるとは、なんと苦しい毎日でしょう。

そんな子の姿勢がゆるんできて、あくびが出たりするようになると、しめたものです。教官たちは、授業の反省会で「よかった、よかった」と喜びあいます。そこから、変化がはじまるからです。

（二〇一九年四月追記）この詩、京都の大徳寺大仙院閑栖の尾関宗園氏の名言の剽窃（ひょうせつ）だと、後に読者からの指摘でわかった。調べてみると尾関氏の名言のなかの「わたくし」を「自分」に置き換えただけだった。無断掲載していたことを深くお詫びします。それにしても、Ｐくん、どこでこの言葉に触れたのか、よほど心に響いたのだろう。「失敗もできる訓練の場である」という言葉は、彼にどれだけ勇気を与えてくれたかしれない。しかし、彼はそれを「自分の詩」として発表してしまった。「自分では書けなかったけれど、好きな言葉があります」とすなおに言えたらよかったのに。きっと「弱みを見せたくない」「自分をよく見せたい」という鎧のせいで言えなかったのだろう。彼にまた小さな嘘を一つ重ねさせてしまった。ごめんねＰくん、気がついてあげられなくて。

ここ一番の心がまえ

ここ一番の心がまえ
己の筋道歩みとおしきり
礼儀わきまえ義務を知る
これこそ
我男なり
かけた情けは水に流せ
受けた恩義は石に刻め
ろくでなしの俺らでも
時には辛いときもある
だが
地獄にも咲く友情の花がある

りっぱな言葉が並んでいます。でも、これは格言や人気漫画から借用した言葉のパッチワーク。彼の心に響くのは、こんな「男らしい」言葉だったのでしょう。

「男らしさの神話」にがんじがらめになっている子ほど、なかなか様子が変わりません。男だって泣いてもいい、弱音を吐いてもいい、と自分を許すことができてはじめて、「自分」を解放することができます。そして、他者に寛容になれます。それが更生への第一歩になっていきます。

大切なのは外側から押しつけられた「男らしさ」や「女らしさ」ではありません、内側から湧きあがる「自分らしさ」なのです。

いまの自分へ

つらい時こそ
胸を張れ
　顔を上げろ
　　そして　笑え！

明日の笑顔へ

笑っても一日
泣いても一日
だったら
笑って過ごそう

作者が詩を読み終わるやいなや、教官は、こう言いました。

「なぁ、人間、下を向きたい日もあるさ」

「泣くときには、しっかり泣こうや」

そして、にっこりとほほえみました。

いいことを書いたから、きっとほめてもらえるはず、と期待していた作者は、肩すかしを食らって、ぽかんとしていました。

「笑う門には福来たる」といいますが、人間、無理に笑っても苦しくなるばかりです。「かくあるべき」の縛りを、一つでも多く取り払ってあげることが、彼らを楽にしてあげること。気持ちが楽になれば、心の扉を開くことができるようになり、自然と笑顔もこぼれます。そうすれば、人とつながれて、再犯の可能性も、ぐっと低くなるのです。

夢に向かって

夢は叶い
努力は報われるものだとしたら
夢が叶わなかった人は
努力が足りなかったのか

いや　違う
夢は　叶わないこともある
努力は　報われぬこともある
正義が勝つとは　限らない

だけど
やってみなけりゃ　わからない
それなら

死ぬ気でやってみようじゃないか
夢に向かって

意気込むQくんに、教室の仲間の一人は、さらっと言い放ちました。

「ぼちぼちやったら、ええんやないかい？」

後ろから膝をカクンとされたような顔のQくん。でも、それが教室という「座」のおもしろさです。Qくんの力みがふっと抜けて、気楽な笑顔になっていきました。

彼らの人生にとって大切なのは、無理のない自然体。同じ立場の者同士が集まって作る「座」が、それを養ってくれます。

人は人の輪のなかで育つのだということを、彼らを見ていると、つくづく感じます。

大切なもの

ぼくは　お金が大好きだ
お金を　手にいれるために
人を傷つけ　裏切り　悲しませてきた
人をだまして　罪を犯したせいで
いまは　刑務所にいる

人は　お金があれば　幸せになれる
好きなものを食べ　好きなところに住み
好きなところへ行き　好きなことをやれる
お金があれば　なんでもできる

人は　お金のせいで不幸にもなる
傷つけたり　傷つけられたり　傷つけあったり

殺したり　殺されたり　殺しあったり
お金のせいで　泣いている人がいる

ぼくの周りにも
お金がなくて　自ら死んでしまった友だちや
お金が原因で　殺された友だちがいる

人を幸せにしたり　不幸にしたりするお金なら
いっそ　この世からなくなってしまえばいい
刑務所にいるいまなら　そう思えるけれど
社会に戻れば
ぼくもお金を求めて生きていくのだろう

Rくんはしゃべることが大の苦手。絵本の朗読も、仲間に助けてもらって、やっとできました。そんな彼が、文章でこんなにストレートに気持ちを出してくれたので、みんなびっくり。Rくんは、最後にこう言ってくれました。

「これまで何をするにも、お金のことばかり考えていました。でも、刑務所に来て、別の見方ができるようになりました。これからは、関わる人を大切にしていきたいです」

灯火《ともしび》

心に灯った
その火が
いつまでも
続くと思うなよ

ほのぼのした詩だと思って読みはじめたら、ガツンとやられました。みんなで大笑い。いっしょに声に出して読んだときも大受けでした。

自分の希望

日本の刑務所を　こんな風に変えてほしいです

仮釈放の制度を変える
髪型自由
看守はだれに対しても　敬語を使う
受刑者にも敬語を使い　敬意を払う
舎房をホテルのようにきれいな部屋にする
部屋をもっと大きくする
テレビの時間自由　ゲーム機持ち込み可　インターネットの使用可
就寝起床時間自由
つづいて　刑務作業・受刑服なし
仕事自由　外部通勤だれでも可　一定期間のみ帰宅可能
映画を見たり本を読んだりできる[illegible]です

買い入れ自由　電話・メールの使用可
いつでも運動・入浴可能
また　入浴は必ず一日一回　夏期においては二回
いつの時間でも舎房を準開放状態で　トイレと部屋を分ける
ほぼどんな物でも　持ち込み可能
刑務所外に就職できたら　仮釈放にする
いつの時間でも飲食可能
舎房には冷暖房完備　常夜灯なし　電気自由使用　視察禁止

……きょうは控えめにこれくらいで

こんな詩が書けるなんて、Sくんは強者（つわもの）です。確かに、アメリカの刑務所では、受刑者たちはずっと自由な雰囲気のなかで暮らしています。日本では、軍隊風の規律や風習がいまも残り、移動のときも列に並んで腕を振り、一糸乱れず歩く刑務所が多いのです。奈良少年刑務所も、そのひとつ。「社会性涵養プログラム」では、こんなことを書いても叱られませんが、彼らも普段は、厳しい規律のなかで暮らしています。

SILLY PRISON　おろかな刑務所

右向け右　前にならえ　五指揃えろ
これはなにかの宗教か？

コンビニの列で　前にならえ
釣り銭片手に　右向け右
ここは一種の　バカ製造機

ほんとうに大事なものを見失い
いらぬものばかり　身にまとう
オヤジのための整列で
オヤジのための行進で
なにがおれらの更生か？

だから増える

ゴマスリ野郎　ゲスなチンコロ　クソなシャリ上げ
負け犬が　負け犬をいじめる　負のスパイラル
こんなクソ溜めから　早くサイナラ
そのために……

右向け右　前にならえ　五指揃えろ
バカな宗教にのめりこむ

「ほんま感動したわ。ほんまの本音を、勢いよく書いている。すごいわ」

教官が、感嘆の声をあげました。

「刑務所生活で、いろいろ理不尽だと思うけれど、口に出すと自分が損をするので、ぼくは言えませんでした」

「カッコイイ！　これを読んで、気持ちがよかったです」

教室の仲間たちも絶賛です。最後にみんなで声に出すと、いつになく盛大な拍手が湧きました。彼のおかげで、みんな、ガス抜きができました。「オヤジ」は刑務官、「チンコロ」は、告げ口をする人、「シャリ上げ」は、ご飯を奪う人とのことです。

しもやけ

しもやけの手が
冷えるといたいし
温まると
かゆくてかゆくて
たまらない

このごろあまり見なくなった「しもやけ」。でも刑務所ではよくあることです。エアコンもストーブもない彼らの舎房。煉瓦（れんが）造りなので、夏は熱を持って夜も暑く、冬は底冷えします。刑務所での暮らしは、楽なものではありません。

ソフトボール大会

決勝戦で　炊場に負けて　俺は思った
一生懸命にやって　勝つことの
次に良いことは
一生懸命にやって　負けることだと

天《あま》の邪鬼《じゃく》

「おまえ　アホちゃう？」
ほんまは　そんなこと　言いたいわけちゃうし
ほんまは　そんなこと　思ってないのに
出てくるんは　そんな言葉ばっかり
でも　これは　ほんま
「いつも　キツイこと言うて　ごめんな」

あいさつ

雑居になって
あいさつをしてくれる人が
いるときと
いないときでは
全然ちがうんだなあ
と思いました

閉じられた刑務所にもソフトボール大会があったり、雑居房での人間関係に一喜一憂したり。彼らの青春の時間が、塀のなかで過ぎていきます。

帰りたい

ほんとうに　まいにちおもう　かえりたい

心の声

窓に　鉄格子がなく
扉の内側にも　ノブがある
生活がしたい

刑務所の監房の扉の内側にはドアノブがありません。自分で扉を開けるということが一切ないからです。それが、彼らの日常。「はやく出たい」は、受刑者に共通する切実な思いです。でも、出所間近になると、外でうまくやっていけるのかどうか、たいがいの子が、不安に思わずにはいられません。

弱い自分・デキない自分

何をしても　失敗ばかりな自分
どんなに努力しても　空回りするばかり
どんなに集中しても　たいした結果を出せず
頭ではわかっているのに　ミスを繰り返す自分
注意されると　反抗的な態度をとってしまう自分
感情が　顔や態度に　すぐに出てしまう自分
短気で　どうしようもない自分
がんばって口に出さずに　タメた結果
自分を責めて　モノに当ってしまう自分
いつまでたっても　成長しない自分
そんな自分にウンザリだし　嫌いで仕方ない

「ガキ」みたいに　なれたら

「ガキ」みたいに　いまの生活を楽しめたら
一体どんだけ　居心地がいいだろうか

弱音を吐きまくる自分が　情けない
強い自分・デキる自分　になりたい

「弱音を吐けること」が、実はほんとうの強さになっていくのです。
それには「安心して弱音を吐ける相手」が必要。
みんなのおかげで、教室がそんな場になっていきます。

亡霊

悔しい思い　暗く泥のような記憶は
胸の奥底に生き続ける
どんなハッピーなことがあっても
そいつは　そこを動こうとしない
ささいなきっかけで　マグマのように溢れだす
誰にも止めることはできない　自分さえも
決して消えることのない亡霊は
いつもおまえの影にひそんでいる

つきまとう不安が　自分を強くする

最後の一行の「自分を強くする」は、「暴力を振るってしまう」ことだそうです。過去のトラウマに操られて暴発してしまう自分の心のメカニズムをよく見つめていて、驚かされました。

人に甘えてみたい

ぼくは　長男ということもあり
妙に意地を張る性格です
だから　他人を意識して
甘えたことが　ほとんどありません
家族とは　仲がいいのですが
完全に身を委ねることは
なんというか　うまく言えませんが
気が進みません

いまは
自分がすなおに甘えられる
人にいてほしいです

僕はまだ

僕はまだ
家族にたいして
どこか格好をつけています

全部で六回の絵本と詩の授業「物語の教室」。終わりに近づくほど、本音や弱音が出てきます。身につけていた鎧を脱ぐほどに、彼らは楽になり、人と交流ができるようになっていきます。教室の雰囲気も、おどろくほど和やかに、明るくなっていくのです。

家族に対しても、格好をつけてきた子たち。心の安まる場所がなかったのかもしれません。

なぜ?

なんのために　生きているのか?
なぜ　死にたくても　死ねないのか?
なぜ　毎日　心がこんなにしんどいのか?
なぜ　普段は人に気をつかって　よい人を演じているのに
イライラしているときの自分が　それぶち壊しにするのか?
なぜ　兄に暴力をふるわれたときの自分は　人に助けを求めなかったのか?
なぜ　逃げることができなかったのか?
なぜ　言い返すことができなかったのか?

いまなら　言える
いまなら　殴り返せる
いまなら　勝てる
という自信は　どこから来るのか?

なぜ　考えても答えの出ないとわかっていることを
いまさら　こんなに考えて「しんどい」と嘆くのか？
頭を巡る疑問に　終わりはあるのか？

おにいさんから暴力を受けていたことをカミングアウトしたこの詩。Tくんは書いたものの、最初は教室で朗読できませんでした。ところが、一カ月後、覚悟を決めて朗読してくれたのです。すると、みんなが次々にTくんに声をかけてくれました。

「よう、がまんしたなあ」

「えらかったやろ」

「ぼくも似たような環境でした。親に殴られたんやけど」

「ぼくもです。でも、いまなら殴り返せる」

連鎖反応のように、みんなの心の扉が開いて、苦い思い出が吐き出されます。

「おれ、いつも弟を殴っていましたが、あるとき、殴り返されてびっくりしました。いまでは、弟に悪いことしたなぁって思います」と、加害者としてのカミングアウトもありました。

うれしかったこと

ぼくは　スーパーで４年　仕事をしていました
１年は青果部で　あとの３年は鮮魚です
最初はすごく怒られ　もうやめようと思ったときもありました
でも　あきらめずに一生懸命働きました
入社２年目のときに　店長から呼び出しがありました
「社員をしないか」といわれました
とても　びっくりしました
そして　ぼくは社員になったのです
このことが　人生で一番うれしかったことです

一見、孤独を愛するように見えるＵくん。人のなかに入って働けることを、こんなにうれしいと思っているとは、この詩を読むまで、わかりませんでした。

うれしかったこと

ぼくがいままでに　一番うれしかったことは
友だちがいたことです

Vくんも、ひどく自閉的な子。まるで他者を拒絶しているかのようでした。

その彼が、人生でいちばんうれしかったことが、「友だちがいたこと」だったとは……。

Vくんも人とつながりたかったんだ。

友だちになってくれた誰か、ありがとう！

ことば

誰かのひとことで　急に幸せな気分になるときがある
誰かのひとことで　完全に人生が変わる人もいる
誰かのひとことを支えに　一生を生きている人もいる
ひとつひとつのことばを愛に
すっごくむずかしいけれど　それが一番大きなやさしさ

うれしかったこと

うれしかったことは
「これ　やってくれへん」といわれて
やって　やりとげたら
「ありがとう」っていわれた一言です
この「ありがとう」で
気分もよくなることが　改めてわかりました

すさんだ環境で育ち、コミュニケーションの「いろは」さえ、身についていない子がいます。人と人は言葉で通じあえる。やさしい言葉をかければ、鏡のようにやさしい言葉が返ってくる。そこに気づくところから「良循環」がはじまります。

人に頼むこと

人に頼むのは　簡単なことじゃないけど
頼むことによって　効率がよくなったり
負担が　少なくなったりと
よいことも　あるけれど
なかなか　頼みにくかったり
断られる可能性が　あると
デメリットも　あるけれど
頼んでみないと
断られるかどうかも　わからないし
手伝ってくれるかも　しれないので
断られるとか　考えずに
頼めることは　頼んで
自分の負担も　減らせるようにしたいです

「頼みごとをする」「救いを求める」。誰もが当たり前にしているそんなことができない子が、刑務所にはたくさんいます。

彼は、「断られること」を必要以上に恐れていました。まるで、自分を全否定されたような気分になってしまうのでしょう。それだけ、傷つきやすいやわらかな心を持っているのです。もしも、自分から助けを求められたら、罪を犯さずに済んだかもしれません。

「社会性涵養プログラム」のなかの「ＳＳＴ（ソーシャル・スキル・トレーニング）」の授業では、生きていくのに必要なそんな基礎的な技術を、ロールプレイング（役割演技）を使って学んでいます。

笑うこと

笑うって　なんだろう？
僕は　いつから笑わなくなったのだろう？

作り笑いでなく　心から笑いたい
楽しいときに　笑い
おもしろおかしいときに　笑いたい

でも　ぼくには　笑う資格がない
いつになったら　笑えるようになるだろう？
もう　笑っていいかな？
やっぱり　笑っちゃだめだよね
僕が笑っちゃ　いけないもんね

笑いたいな……

心から笑えるように　なれるかな？
いつか　心から笑える日が来たら
そのときは　笑っていいよね
そのときがきたら　ぼくを許してくれるよね

でも　その日まで
ぼくは　笑い方を覚えているのかな
忘れてしまっていたら
だれかが　教えてくれるかな

いつか　心から笑える日が来ますように

まったく笑顔のない子がいます。自分の罪の大きさにおののいて、笑えなくなってしまったのです。被害者やその家族のことを思えば、とても笑う気にはなれないでしょう。しかし、彼らとて人間。笑顔を忘れ、孤独に閉じこもり、社会的に追い詰められれば、また罪を犯してしまうかもしれません。

再犯を防ぐためのもっとも有効な手段は、彼ら自身がしあわせになることです。

中二病の空模様

「つまらない日常から　抜け出したい」
そう思っていたぼくの世界は　一瞬で変わった
「もう二度と晴れることはありません」と言われたかのように
ぼくの過ちや未熟さのせいで　取り返しのつかないことになった

あのときの　キレイな青空を　写真に残せばよかった
下を向いて歩くのではなく　もっと空を見ればよかった

当たり前なんてものはないと　いまになって気づいた
だから　晴れなくても　いまの心の世界を大切にしたい
もう二度と　晴れることがなかったとしても
曇り空の下を　笑って歩けるように

犯した罪は消えません。一点の曇りもない青空が広がることは、もうないのです。曇り空の下を生きていく覚悟を決めた彼の決意に、胸がいっぱいになりました。

大切なもの

ぼくは　思い違いをしていた
自分を変えるために必要なのは　知識と経験だと
間違いじゃない
けど　一番大切なものを忘れていた
それは　愛情だったんだ
思いかえせば　ぼくはいつも愛情を求めていた
でも　いま気づいたんだ
求めるだけじゃ　得られないということ
求めるんじゃなくて　感じるということ
求めようと　必死にあがいている時は
ちょうど　水面に波をつくってるようなもの
そんな時　水の底がうまく見えないのと同じように
愛情も　うまく感じられない
いま　力をふっと抜いてみる
すると

いままで見えなかったものが　見えてくる
ぼくにさしのべられた手が……
きみは一人じゃない　そう語ってくる瞳が……
まわりを見まわせば　人　人　人
そんな人たちに囲まれて
愛情を受け　支えられ　生きている
いまでも　そして　これからも
もう何も恐れることはない
みんながいるから
気づいたから　気づけたから　前に進んでいける
やっと立てた　スタート地点

「刑務所に入るなんて、最低の人間」と世間の人は思っています。「人生のどん底だ」と本人たちも思っています。しかし、ここは新しい出発の場。心を癒やし、体を整え、生きてゆく力をつけて、もう一度スタートラインに立つための、癒やしと学びの場なのです。それに気がついてくれて、よかった！

仲間たち

仲間
それは　ともに助け合える関係
仲間
それは　ともに大切なモノを預け合える関係
仲間
それは　ともに冗談を言い合える関係
仲間
それは　ともに夢を語り合える関係
仲間
それは　ときとして一人だけじゃない関係
仲間
それは　ともに離れていても思い合える関係
仲間

それは　ともに本気で喧嘩し合える関係
仲間
それは　ともに信頼し合える関係
仲間
それは　ともに忘れられない関係

そんな仲間たちを
これから作っていきたい

「きれい事ばっかり並べて」と思って読んでいたら、最後の最後にどんでん返し。これは、Ｗくんの切ない願いでした。

Ｗくんは、ほとんど口をきかず、まるで人を拒絶するような感じの子。しかし、心ではこんなにも仲間を求めていたのです。それを、Ｗくんは「詩」の形で伝えてくれたのです。

この日から、みんながＷくんを見る眼差しがすっかり変わりました。

ばあちゃんを亡くして

一月のある日　ばあちゃんが逝《い》った
90まで生きる　っていうてたのに　87で逝ってしもた
なんで？　なんでなん？
頼むから　戻ってきてやぁ！　となんべん願ったことか
生まれて初めて　涙が涸れるまで泣いた
宝くじで一億円当たるより
家族みんなが　元気でいてくれるほうがいい
何倍も何倍も　価値がある

俺が悪いことして　刑務所に来ているから
ばあちゃんに　顔を見せることも　できひんかったし
見送ってあげることも　できひんかった
それがいちばん辛かった　悲しかった
自分のバカさ　無力さを恨んだ

罪を犯して　被害者を死なせてもうて
遺族の人に　ほんま辛い思いさせて　その心まで殺して
自分の家族にも　辛い思いさせて
自分もまた　辛い思いして
なにしてんやろ　俺
ほんま　犯罪って　なんもええことない

だから　残りの刑期を
自分のために　家族のために　ツレのために
受刑生活で学べることを　学べるだけ学んで
成長して帰る！って　心に誓った

ばあちゃんが逝って　こんなに苦しいのに
遺族の人は　俺が考えているより
もっと辛くて悲しくて苦しい思いをしている
（俺が　させてる）
そのことを　ぜったい忘れたらあかん　と思った一月でした

一方通行

なんでなん？
聞いても　返事は来《こ》やん
教えてほしいことだらけなのに
なに一つ　返事は来《こ》やん
でも　そんなん当たり前
問いかけてるんは
自分の胸の中

「『自分の胸に聞いてみろ。おまえが一番わかってるやろ』って、先生によく言われました。でも、問いかけてみても、わからなかったです」

「ぼくもです。事件について、なんであんなことやったんやろうなあって、いくら考えても、わからないことがあります」

「考えていて、わからなくて眠れなくなることがあります」

心の扉を開き、失われた感情を取り戻すことで、彼らは、少しずつ自分のことを理解し、ほんとうの気持ちに気づいていくのです。

得たもの

はじめて　この教育を受けたとき
なぜ　このメンバーが選ばれて
なぜ　そこに自分が入っているのか
なにが　人より劣っているのかと
考えれば考えるほど嫌になり　自己嫌悪に陥った
だから　次から行かなくなった

でも　自分の性格の不便さは　誰よりもわかっていたから
また参加したいと思うようになった
それでなにが変わるか　わからないけれど
なにかのきっかけになるかもしれない　と思って

半年前のぼくは　からっぽのロボット

どうしてみんな　あんなつまらないことで
大げさに喜んだり悲しんだりできるのかと　いつも感じていた
まわりの人間が　テレビの司会者のつまらない冗談に
手を叩いて　必死で笑うタレントのように見えた
心でそうは思っているくせに　なんとなくみんなに合せてる自分を
もう一人の自分が　とてつもなくつまらない奴だと感じていた

それでもこの半年　ぼくはよく笑うようになった
絵を描いたり　詩を書いたり　他愛もない話をしたり
そんなことをして
なんの意味があるのかと　首を傾げる人もいるかもしれないが
お決まりの反応を繰り返す　ロボットみたいな自分が
いまは心から笑え　少し　楽しく感じられるようになった
なんだか　世界の見え方が　変わってきたみたいだ

喜怒哀楽

いろいろな感情があるけれど
その感情は　どこで生まれて
どこへ　消えていくんだろう
考えてみても　わからないけど
そんな感情の一つひとつを
思い切って抱きしめてみれば
きっと　人生はおもしろくなり
無限に広がっていくのだろう

心の扉が開かれると、それまでまったく感じることのできなかったことが感じられるようになります。生き生きとした感情が芽生えて、モノクロームだった心の世界に色彩が生まれます。

光と闇

どんなに悪いことをした人でも
みんなに嫌われていようとも
たった一人だけ　大切にしている人がいると思う
そう思うと
世の中には　そう悪い人はいないんじゃないかと思う

「友だちに人を殺して刑務所に来た人がいます。でも、その人がおかあさんのことをすごく大事にしているのを見て、この詩を書きました。悪い人なんて、ほんとうはいない。そうじゃないかもしれないけれど、そう思いたい。そうだったらいいな」

「ぼくには、大切にしたい人が、思いつきません。大切にされたことのある人じゃないと、大切にする仕方がわからないんじゃないかな。大切な人のいる人が、うらやましいです」

教室の彼らを見ていると、心底悪い人はいないんじゃないか、と思えてきます。

なんか……

笑いが笑いになっていなかったa君
　なんか……子どもになれたなぁ
どこか人をにらんでいるようだったb君
　なんか……やわらかくなったなぁ
いつも力がはいっていたc君
　なんか……自然体になったなぁ
警戒心が半端じゃなかったd君
　なんか……人を信用できるようになったなぁ
グループの中で一番緊張していたe君
　なんか……言葉がすっとでるようになったなぁ
すごく気を遣っていたf君
　なんか……よくあくびをするようになったなぁ
それだけ気を抜けて　安心できる場になっているんだろうなあ

このグループに関われて　うれしいです

一期一会

いつも出会っているみんなと　きょうが最後の授業
刑務所　という場所でありながら
こんな出会いに恵まれ　別れに辛くなる自分がいる
一生忘れない　この濃い最高のメンバーと
社会で　出会いたかった
それが　唯一の後悔かな
最高の半年間を　ありがとう

ぎこちなかった初回の授業と、最後の授業では、教室の雰囲気がまるで違います。彼らの変貌を見ることは、わたしたちにとっても、大きな歓びです。

道

ぼくは　道を歩いている
でも　その道は真っ暗闇の道
目を大きく見開いても　何も見えない
手を伸ばしても　伸ばしても　何もつかめない
前を歩いているのか　後ろに歩いているのかも　わからない
ぼくは悲しくなり　歩くのを止めた
あの時は……

でも　いまは違う
ぼくには　道が見えている
その道は　たしかに小さくて細くて不安定な道だけど
ピカピカ光っている
だからもう　悲しくなったり　歩くのを止めたりしない
ぼくは　その道を一歩一歩　確実に歩いていく

おすそわけ

喜びを半分
哀しみは少しだけ
楽しさも半分
怒りはちょっとだけ
そんで　幸せはいっぱい
大事な人へのおすそわけ

「自分のなかの喜怒哀楽を分けてあげられる大事な人が現れたらいいな、と思って書きました」とＸくん。犯罪を起こしたために、家族からも見放されて孤独な状況だと聞いて、胸が痛みました。一人でもいい、支えてくれる人がいれば、と思わずにはいられません。

自分の考え

あせってもいい事ないし
仕方ない
だから
ぼちぼち行こか

そうそう、焦らなくていいよ。
無理をしないで、ぼちぼち行こう。
みんながきみたちを、あたたかく受けいれてくれますように！

［解説］

人は人の輪のなかで育つ

詩の教室を開く12のポイント

彼らはモンスターではなかった

二〇〇六年、首都圏脱出を試みて、憧れの古都奈良に移住してから十年になる。そのときは、こんな人生が待っているとは夢にも思わなかった。明治生まれの名煉瓦《れんが》建築見たさで奈良少年刑務所を訪れたわたしと夫の松永洋介は、そこで刑務所の教育官と言葉を交わしたことがきっかけで、二〇〇七年から、「社会性涵養《かんよう》プログラム」の講師になったのだ。奈良少年刑務所には、十六歳以上二十六歳未満の者が収容されることになっている。少年院と違い、「強盗、殺人、レイプ、放火、薬物違反」といった重い罪で服役している。二人一組で講師をすることになったのは、「殺人犯やレイプ犯と面と向かって授業をするのは怖い。夫と二人ならお受けする」というわたしのわがままを、刑務所が寛容にも、許してくれたからだ。

夫婦で二人三脚の授業がはじまった。カリキュラムもなく、二人で相談しながら、手探りで授業を作っていった。試行錯誤のなかから、最初の二回は絵本を使ってみんなの心をほぐし、残りの四回は詩の授業を行う形になっていった。

授業には常に刑務所の二人の教官、竹下三隆《たけしたみつたか》先生と乾井《いぬい》智彦《ともひこ》先生が入ってくださった。実際に授業をしてみれば、怖いことなど、なにもなかった。彼らは、わたしが恐れていたモンスターではなかった。傷ついた心を抱え、さまざまな鎧《よろい》をまとった子どもたちだった。そんな受刑者たちが鎧を脱ぎ、心の扉を開くと、やさしさが溢れでてきた。一人が心の扉を開くと、連鎖反応でみんながパタパタと心を開き、互いに思いやりのある言葉を掛けあうようになる。思わず涙する場面も何度もあった。人を殺《あや》めるようなことをした人の心にも、こんなやさしさがあるのだから、人間は、基本的にいい生き物ではないか、と思えてきた。わたしは、彼らによって、人間に対する深い信頼を取り戻させてもらった。

　これをみんなに知らせなければと強く感じ、彼らの詩を一冊の本にまとめたのが、前作『空が青いから白をえらんだのです　奈良少年刑務所詩集』だ。この本には、一期から五期までの詩を収めた。今回は、六期から十八期までの作品を収録している。「社会性涵養プログラム」をはじめて九年になる。受講生が目の前でみるみる変わっていく姿を見て、最初はビギナーズラックだと思ったが、回を重ねても同じだった。彼らはほんの少しのケアで変わる。それだけ、ろくなケアをされてこなかったということなのか。

　九年間の積み重ねのなかで変わったのは、受講生ばかりではなかった。わたしたち講師も、変わってきた。受講生も、指導者さえも変える「社会性涵養プログラム」とはなんなのか。なぜ、効果があるのか。それについて、考えてみたい。

「社会性涵養プログラム」の目指すもの

奈良少年刑務所には、二〇一六年現在約四百名弱の受刑者が収監されているが、「社会性涵養プログラム」を受講できるのは、半年に十名。主に、コミュニケーションに困難を感じている受刑者が受講対象となる。科目は次の三つである。

・ＳＳＴ（ソーシャル・スキル・トレーニング）
・絵の教室
・物語の教室

それぞれの科目が月に一コマ（一時間半）あり、六カ月で終了する。

「ＳＳＴ」では、コミュニケーションの基礎や、社会のマナーについての具体的な知識を学ぶ。「絵の教室」は、無心になって絵を描き色を塗る時間だ。そして、絵本と詩で語りあう「物語の教室」がある。これが、わたしと松永の担当だ。

プログラムが目指すものは、受刑者たちが心にまとった鎧をはずし、心を開いて自己表現ができるようになってもらうことだ。そうすれば、他者とコミュニケーションが取りやすくなる。出所後、社会で生きていくのがぐっと楽になる。結果的に、それが再犯を防ぐ力になる。

彼らはおしなべて深く傷つき、自分を守るためにさまざまな鎧を身につけている。その多様さは驚くほどだ。敵を作りたくないので終始意味のない笑いを浮かべている、他者を威嚇《いかく》するような態度をとる、男らしさの神話にしがみついて常に高い理想を声高に語る、自分に閉じこもって出てこない・出られない。ひどいチックなどの身体症状に出ていることもある。ある人にとっては「薬物依存」でさえ、現実のきびしさに耐えきれない自分を守るための鎧だったのだ。自分を守るはずの鎧が、彼らの人生をより困難にしてきた。

そんな彼らに、鎧を脱いでもらい、心を開いてもらうためには、まず、ここは安心な場所なのだと思ってもらわなければならない。

しかし、「ここは安全です。さあ、心を開きましょう」と言われて、心を開ける人などいるわけがない。そこで、最初の二回は、絵本を使って、朗読劇をしてもらうことにした。といっても、単に役を振ってそのパートを朗読してもらうだけなのだが、これが、たった二回で大きな効果をあげる。交流不能と思った子たちのなかに、不思議な一体感が生まれる。「絵本」と「演劇」の力なのかもしれない。

この土台の上に「詩の教室」が四回、行われる。以前は導入にまど・みちお氏や金子みすゞ氏の作品を読んだが、受刑者自身の詩を扱った方がずっと効果が高いので、最初から彼らの詩を読むことにした。その様子は、本書にある通りだ。明らかに、受刑者たちに変化がある。それも、いい変化だ。それには、いくつかの理由があるのだと思う。

第一に、複合作用だ。「社会性涵養プログラム」には、絵本と詩を使った「物語の教室」の他に、「絵の教室」「ＳＳＴ」がある。別の角度から、少しずつ働きかけることで、彼らのなかに総合的な蓄積ができ、徐々に変化していく。化学反応のような劇的な変化が起きることすらある。

第二に、同じ立場の者たちが集うグループ・ワークであることだ。一対一の個人面談と違い、「場の力・座の力」が大きく作用している。「先生と受刑者」では、どうしても上下の力関係から逃れられないが、ここでは、みんなが平場の関係にある。指導者も上から目線で評価するのではなく、詩の心を受け取ろうとしている。「人は人の輪のなかで育つ」ということを、彼らを見ていると、つくづく感じさせられる。

第三に、「詩の力」だ。詩とは、心の襟を正さなければ書けない神聖な言葉。自分の魂の本質がバレてしまいそうな言葉だ。インターネット上の「ＳＮＳ」で猛スピードで交換されている言葉とは、そこが違う。それらの言葉は「消費される言葉」だが、詩は「心の結晶」。だからこそ「受けとめてもらった」という実感が強くなるのではないだろうか。

もちろん、心を表現しきれている詩ばかりではない。しかし、大切なのは、本人が「詩」だと思って書いたものを、「詩」だと思って受け止めてくれる仲間がいること。その瞬間、どんな言葉も「詩になる」のだと、わたしはこの教室で学ばせてもらった。「詩になった言葉」は、その人の人生を変えるほどの力を持つことがある。「すぐれた詩」だけに、価値があるのではない。どんな言葉であろうと、人と人の心をつなぐものになったとしたら、それは本人にとって、かけがえのない言葉になるのだと思い知った。よい詩にだけ価値があると思っていたわたしは、詩のエリート主義者であったと反省した。

以上三点の前提として、二人のベテラン教官がともに授業の場にいてくださることが、なによりも大きいのは言うまでもない。お二人が「安心・安全な場」を作ってくださり、心を開くきっかけをさりげなく与えてくださる。本文中に、教官が受刑者に対してかけた言葉を収録したが、それを見ても、ご理解いただけると思う。

彼らの心の扉が開いたとき、やさしい言葉が溢れてくるのが、不思議でならない。つらく悲しい人生を送り、世の中にたくさんの恨みもあるはずなのに、なぜか呪詛《じゅそ》の言葉が出てこない。教室の仲間を攻撃することもないのだ。「いい子ぶっている」のではなくて、本来の自分に戻り、芯にあったやわらかなものが溢れだしてきているように思う。

この教室によって心が癒やされれば、広く開いた心の扉が入口となって、他者の言葉にも素直に耳を傾けられるようになる。「暴力回避プログラム」「性犯罪再犯防止プログラム」「薬物離脱プログラム」などの学びも、彼らの心により届きやすくなるはずだ。心の扉が開かれていないと、少年たちは反発し、形だけの「反省」をするようになって、反省文だけがどんどん上手になってしまう。「社会性涵養プログラム」は、あらゆる教育の下地になる可能性を秘めているのではないだろうか。

「詩の教室」を開くための12のポイント

前作を上梓《じょうし》したとき、「ぜひ、こんな詩の授業をしてみたい」「友人たちと、こんな詩の集まりを持ちたい」という声が聞こえてきた。「それには、どんなことに注意すればいいのでしょう」という問いもいただいた。

こんな詩の教室を開けたら、学校でもいじめが減るかもしれない。職場や仲間内なら、人間関係もスムーズになるだろう。いくつかの大切なことを押さえれば、きっと誰にでもできることだ。「詩の教室」を行うための注意点を挙げてみる。

1　安心・安全な「人・場所・時間」を確保する

互いに競いあったり、批判しあったりする場所ではないことを明確にする。

2　くつろいだ雰囲気を大切にする

リラックスできる場にする。姿勢が悪くても、眠っていても、注意したりしないで、好きにしてもらう。唯一の注意は、他者の発言を邪魔したり、私語をしたときだけ。

3　作品の出来映えを評価しない

いい作品を書くための合評会ではないのだから、評価はしない。「よく書けている」「うまい」「上手だ」「表現がすばらしい」というようなプラスの言葉も、「ヘタだ」「なにを言っているのかわからない」「ここをこうすればもっといい」などマイナスの言葉も、極力避ける。

4　否定しない

を書かざるを得なかった気持ちを受けとめる。

「死にたい」という後ろ向きの内容でも、「殺してやりたい」という過激な内容でも、否定しない。「そんなにつらかったんやなあ」「悔しかったんやなあ」と、作者がそれを書かざるを得なかった気持ちを受けとめる。

5　無理強いしない

詩が書けない、という人を責めない。書いてきたけれどやっぱりみんなの前での朗読は恥ずかしい、という人には、無理強いしない。感想の発言も、無理強いしない。

6　信用して辛抱強く待つ

詩が書けなくても、待つ。発言できなくても、励ましたり、安易に順番を飛ばしたり、後回しにしない。本人が語りだすか、ギブアップを表明するまでは、辛抱強く待つ。

7　指導しない

善導してあげよう、礼儀を教えてあげよう、ちゃんとさせよう、役に立つことを教えてあげよう、などと思わないこと。指導者ではなく、詩を分かちあう仲間の一人に徹する。

8　司会者も参加者になる

指導者や司会者として、特権的な立場に立たない。一参加者として、発表された詩にすなおに感想を述べる。まずは自分が心を開かなければ、みんなも心を開けない。自分の弱点を正直に述べることも、参加者に心を開いてもらうきっかけになる。

9　心を受けとる

「詩」を通じて、互いの心を分かちあうことを、なによりも大切にする。常に「あなたの心を伝えてくれてありがとう」という気持ちで作品に向かい、表現された気持ちを精いっぱい受けとめる。

10　詩を通じて響きあう

感動したり、心が動くことがあれば、素直にその思いを伝える。思い出したことや共感できたことがあれば、それも積極的に表明する。それは「評価すること」とは別のこと。作者の心と響きあうことだ。

11　大人を休む＝ともに遊ぶ

「～せねばならない」という縛りをなるべくはずす。大人を休んで子どもに帰る。参加者とともにいっしょに遊ぶような気持ちで、人の輪から生まれる「場・座」を存分に楽しむ。

12　「ありがとう」「うれしい」を大切にする

「詩を聞いてくれてありがとう」「心を伝えてくれてありがとう」「感想をいってもら

ってうれしかった」などを言葉にして伝えると、互いに心地よくなる。

「北風と太陽」

「社会性涵養プログラム」について解説をしてきたが、「犯罪者に甘すぎる」「被害者はつらい目に遭《あ》っている。殺されてしまった人もいるのに、彼らがこんな寛容な扱いを受けていることは許せない」という声もあると思う。被害者の立場に立てば、そう言いたくなることは当然だろう。

しかし、受刑者にただ反省だけを迫って懲らしめ続けても、残念ながら「更生」にはつながらない。むしろ、社会への恨みや孤独感を募らせ、コミュニケーション不全を起こし、結果的に彼らを追い詰めて、再犯へと導くことにもなりかねない。

彼らが楽に呼吸ができ、人々とコミュニケーションできるようになり、社会復帰を果たしてこそ、真の「更生」への道が開かれる。それが、再犯を防ぐことにつながるのだ。「未来に加害者になる人」をなくすことで、「未来に被害者となる人」もなくすことができる。そのためにも、彼らには、なんとしても更生してもらわなければならない。

そのための「社会性涵養プログラム」である。イソップの寓話「北風と太陽」のように、あたたかな光で、彼らに、心の鎧を脱ぎ捨ててもらいたいと考えている。

だから、彼らにはしあわせになってほしい。

しかし、それと、罪を償うこととは別の話だ。償いの気持ちは、一生真摯《しんし》に抱き続けてもらいたい。自分がしあわせになってこそ、人の命の重さを知り、犯した罪の大きさを知って、償い続ける気持ちを持つことができるのだと、わたしは信じている。

松永もわたしも、毎月、刑務所に詩の授業に行くことが、楽しみでならない。彼らの素《す》の心に触れると、なんとも爽やかな気持ちになる。まるで「心の森林浴」だ。毎回、わたしたち自身が癒やされて戻ってくる。

胸に溜まったものを「吐きだし」「受けとめてもらう」ことで、人は癒やされる。受けとめた者も、誰かの役に立っていると実感することで、自己肯定感を増すきっかけになる。「詩の時間」は、互いが心を通じあい、癒やしあい、成長していく時間だ。

ぜひ、さまざまな場面で試みてほしい。

おかげで、わたしも奈良に来た頃より、だいぶましな人になれたように思える。こんなすばらしい時間をくれた刑務所の先生方と、受刑者たちに感謝している。ありがとう、みんなに会えて、ほんとうによかった!

［付録］

子どもを追い詰めない育て方　刑務所の教育専門官に聞く

竹下三隆氏（元・奈良少年刑務所教育専門官／臨床心理士）
乾井智彦氏（元・奈良少年刑務所教育専門官／保護司）

奈良少年刑務所にいる少年たちが犯罪を起こしてしまった背景には、必ずなんらかの問題や困難があります。繊細な子どもが、家庭や学校の環境によって「生きにくさ」を抱えるようになり、それが犯罪へとつながってしまった例も少なくありません。きびしくしすぎてもダメ、甘やかしてもダメ。親は一体、どうしたらいいのでしょうか。

改めて振り返れば、「社会性涵養プログラム」は、自分にも他者にも寛容になる「社会性『寛容』プログラム」であったとも言えます。ここで得られた経験のなかに、子どもとどう接したらよいかのヒントが隠されているように感じました。

そこで、共にこのプログラムを立ちあげてきた教官の竹下三隆先生と乾井智彦先生にお話をうかがいながら、「子どもを追い詰めないための接し方」をまとめてみました。竹下先生も乾井先生も、すでに定年で退官なさいましたが、いまも学校カウンセラーや保護司として活躍されています。

親が立派すぎると、子どもが苦しくなる

自分にきびしい人は、社会的にも成功し、立派な人だと世間から称賛されます。しかし、そんな人は、他者に対してもきびしくなりがち。「自分がこんなにがんばってきたのだから、あなたにもそうしてほしい」と内心思ってしまいます。

こんな親にしっかりとしつけられ、立派な人間に育つと、人間関係が悪くなることが、往々にしてあります。許せないモノやコトがたくさんできてしまうからです。

こんな例がありました。少年院に、実にきちんとしつけられた子が入ってきました。彼は、食事のとき、みんながしゃべりながら食べたり、音を立てて食べることが、どうにもがまんがならなかったのです。食事中に「横を向くな」「音を立てるな」「脇を締めろ」と周囲に命令をしまくり、とうとう「こんな行儀の悪い人たちといっしょに食事はできない」と、一人っきりで食べることになってしまいました。このように、親のしつけが立派すぎると、周囲とうまくやっていけない子に育ってしまうこともあるのです。

「しつけ」には、そんなマイナスの側面があることにも気をつけましょう。

虐待は「高い理想」から生まれる

親の理想が高ければ高いほど、子どもは、なんとかその理想を実現しようと必死にがんばります。それにより成長できるという面もあるのですが、理想が高すぎたり、結果を急ぎ過ぎれば、「虐待」になりかねません。

子どもは、親の理想をクリアできないと、「ぼくはダメな人間だ」と自己否定感を抱きます。すると、大人になってからも心の芯に自信が持てないので、いつも不安に駆られ、困難な人生を送らざるを得ないことになります。

「二十歳までオムツをしている人はいない」と、よく言われますが、時が来れば、なんとかなるものです。おおらかな気持ちで、気長に見守ってあげてください。

発達障害を抱えていれば、できないこともあります。しつけのつもりで「なんでみんなと同じにできないの！」と叱れば叱るだけ、子どもは焦り、自己否定感を強化してしまいます。それは、その子の生きづらさにつながってしまうのです。

人に甘えることのできる子に育てる

「人に迷惑をかけない子に育てる」というのは、世間では、もっとも大事なことだと思われています。しかし、ほんとうにそうでしょうか。人は互いに支えあう生き物。困ったときには、互いに助けあうからこそ、安心安全な社会になるのです。

　困ったときにがまんにがまんを重ね、挙げ句の果てに大迷惑をかけるより、すなおに「助けて」と言える人になることが大切です。そうすれば、問題がこじれる前に救いの手が伸べられ、本人にも周囲にも、ストレスが溜まりません。そうやって、人に助けてもらうことを知っている子は、人を助けてあげる思いやりを持てる子に育っていくのです。

「自立」とは、だれにも依存しないことではありません。だれか一人にべったりと依存するのではなく、人とつながる力を持つことこそが、真の自立につながります。

「甘やかす」と「受けとめる」の違いを知る

「人に甘えることのできる子に育てる」というと、とんでもない、と思う方もいるでしょう。しかし、子どもを「甘やかす」ことと、「受けとめる」ことは、根本的に違うことです。子どもが甘えてきたとき、仕事が忙しくて相手をしてあげられないからと、お小遣いをたくさんあげたり、欲しいものを無制限に買い与えるのは「甘やかす」こと。「おかあさん、いま忙しいから、あとでゆっくり話しましょうね」ときちんと話したり、短くても心をこめた手紙を渡したりするのは「受けとめる」努力です。甘えたい気持ちをぐっとがまんしていると、子どもは甘えられない人、困ったときに助けを求められない人に育ってしまいます。それは、その人の人生をひどく困難なものにするでしょう。

　子ども時代、充分に甘えることができた子は、時が来れば、しっかりと独り立ちしていけるはず。親から離れられない子は、甘えているからではなく、充分に甘えられなかったから、まだ離れられないだけなのかもしれません。

やさしさはリスク

　やさしい子は、繊細な心を持つ子。親を心配させたくない、苦労をかけたくない、という思いから、いじめを受けても黙っていることもあります。その繊細さゆえに、自分が他人からどう見えるのかが気になりすぎていつもビクビクしていたり、やさしさゆえに、友人から悪事に誘われても断れないこともあります。がまんにがまんを重ねた結果、制御できないほどの怒りが心の底に溜まり、暴発して犯罪となってしまったケースもあります。

「うちの子は、ほんとうにいい子で、なんにも問題がない」と思っている親は、ちょっと気をつけた方がいいかもしれません。親に気を遣って問題を抱えこみ、無理に笑顔を見せているかもしれないからです。

心のうんち

心には、知らず知らずのうちにストレスが溜まってきます。怒り、悲しみ、悔しさ。吐きださず、抱えこんだままでいると、負の感情は地下でマグマのようにわだかまって熱を持っていくのです。そして、自分では気づかないままに、負の感情に行動を左右されてしまいます。いらいらしたり、怒りっぽくなったり、ウツになったり。終いには抑えきれなくなって、なにかをきっかけに大爆発を起こすことも。それが内に向けば、自傷行為や自殺に、外に向けば暴力や犯罪になってしまうことさえあります。

体がうんちをするように、心にもうんちを出させてあげてください。「愚痴るな」「文句をいうな」と封じこめないであげてください。

愚痴や泣き言を言ったときには、「がんばれ」や「気にしない、気にしない」という叱咤激励が、逆効果になることもあります。「しんどかったんだね。よく話してくれたね。ありがとう」と、つらさを受けとり、心に寄り添ってあげてください。子どもは癒やされ、心の力を養い、やがて自分から立ちあがっていくでしょう。

大爆発になる前に、プチ爆発で緊急にガス抜きをする必要があることもあります。「クソババア」と言ったりするのは、一種のプチ爆発。そう言っても、おかあさんは自分を愛していてくれる、見放されないと確信しているからこそぶつけられる言葉です。そんなときはカッカしないで、心のうんちを上手に吐きださせてあげてください。

「あなたのため」は、だれのため？

親はよく「あなたのためだから」といいます。「勉強をしなさい、お行儀よくしなさい、塾に通いなさい、みんなあなたのためなんだから」と。しかし、それはほんとうでしょうか。子どものお行儀がよければ「親がしっかりしているから」、勉強ができれば「親が教育熱心だから」、いい大学に入れば「さすがあのおかあさんの子だから」、いい会社に入れば「やっぱり、いい家の子は違う」と、親がほめられます。「あなたのため」は、もしかしたら「いいおかあさんだと思われたいから」「子どものせいで恥をかきたくないから」ではないでしょうか。

では、ほんとうの「あなたのため」とは、どういうことでしょう?

世間の物差しで測らない

親は、子どもにしあわせになってほしい一心で「あなたのため」と言います。しかし、その子にとってのほんとうの「しあわせ」とはなんでしょうか? いい学校に入り、いい会社に入り、お金持ちになるといった、世間一般での「成功者」になることにのみ、力が入りすぎてしまっているかもしれません。結果的に「この線から上にいかないと、失敗者になるわよ」と脅迫していることになってしまうことも。

どうしたらその子が、のびのびと自分らしく生きていけるか、世間の物差しを当てるのではなく、子ども自身の立場から見直してみてください。

どんなに幼くても、子どもは一つの人格を持った人間です。子どもには、自分の人生を生きていく力があると、どうか信じてあげてください。

評価しない

これができたら○。できなかったら×。この線を越えたら○。達しなかったら×。そうやって評価され続けると、子どもは「○をもらえないと、愛してもらえない」というメッセージを受けとってしまうことになりがちです。「わたしがわたしであることに価値がある」という根源的な自信が持てなくて、「なにかを成し遂げたり、達成しないと、わたしには価値がない」と思いこんでしまうのです。

なにかを達成して得られるのは「条件的自信＝社会的自尊感情」です。これは、自分が置かれた外的な状況によって、常に揺らぐものです。そのため、なんとかそれを補強しようと、資格を取ったり、人一倍仕事をがんばったりして、なにかを成し遂げるエネルギーになることもあります。しかし、一歩間違えば、優越感から人を見下したり、自分の間違いを頑として認めなかったりと、人間関係に悪い影響を与えることになってしまいます。ときには「地位のない人や貧しい人は、本人の努力が足りないからだ」と、弱者を切り捨てるような見方を持ってしまうことすらあります。

一方、「根源的自信＝基本的自尊感情」は、地位やお金といった外的なものに左右されません。「わたしがわたしであることに価値がある」と自分自身を信頼しているので、余裕を持って生きていることを楽しむことができます。「根源的自信」は、しあわせに生きていくうえでの最強の味方かもしれません。

「これができたから、あなたはいい子」という条件付きの愛情ではなくて、「なにができてもできなくても、あなたが大好き。あなたが大切」というメッセージを、ぜひ伝えてあげてください。

泣けること・弱音を吐くことの大切さ

「根源的自信」のない人は、なかなかすなおに泣けません。なにかあると一気に落ちこんで「おれはあかん」「もうダメだ」という否定的感情でいっぱいになってしまい、涙も流せなくなってしまいます。反対に、虚勢を張ってカラ元気を出す人も、すなおに涙を流せません。

「根源的自信」を持っている人は、傷つくことのできる人です。すなおに涙を流して、傷や悲しみも含めた自分自身の感情を味わうことができます。それは、人生をより豊かなものにしてくれます。

傷ついて、その悲しみや苦しみを吐露したとき、人がしっかり受けとめてくれることを体験すると、自己肯定感が持てるようになります。こんな弱音を吐く自分でも、みんなが受けとめてくれる、という実感は、自分と世界に対する深い信頼を育てることに直結します。それが「根源的自信」につながっていきます。弱音を吐けない、泣けない人は、心に着けた鎧の下で、不安がさらに膨らんでしまいます。

ですから、「男の子は泣いちゃダメ」「泣くのは弱虫」という言葉で、どうか悲しみを味わうことを、封じこめないようにしてあげてください。

見方を変えてみる

なにかができたから○、できないと×。親はつい、そうしがちです。○と×の基準は「世間の常識」です。でも、物事には必ず両面があります。別の視点から見たら、○も×に、×も○に変わります。

「何事にも全力で取り組む子」は、「心と体を壊すまでがんばってしまう子」かもしれません。「我慢強い子」が、実は「自分の気持ちを出せない子」だったりします。

れにより、生きることがずっと楽になるでしょう。

ときには、見方を変えてみましょう。欠点が美点に見えてくるかもしれません。そ

「だらだらしている」は「リラックスできている」、「記憶力が悪い」は「忘却力があるのでくよくよ悩まない」と、前向きにとらえることもできます。

「しあわせ」を一番上に置く

人生において大切なこと、それは「しあわせを一番上に置くこと」ではないでしょうか。

もちろん、「しあわせ」もいろいろです。いい大学に入っていい会社に入り、お金持ちになるのも、しあわせへの道の一つ。でも、気の許せる友だちがいなかったら、さみしい人生かもしれません。お金が充分になくてもいい友だちがいたら、人生を楽しめます。

「○○がないと、しあわせになれない」という決めつけから解き放たれれば、いま目の前にある人生をもっと楽しめるはず。「いい大学を卒業して得られるはずのいい人生」という「未来のしあわせ」にばかり目を奪われないで、いまここにあるしあわせ

を、味わうことを大切にしてあげてください。

子どもらしさを解放する

だれもが学習して「大人」になっていきます。でも、人の心の底には、いくつになっても「幼い子ども」がいます。それは、ありのままの自分。「子どもらしさ」を、のびのびと解放できることが、しあわせになる秘訣かもしれません。大人も子どもも、いっしょに遊び、楽しむことができたら、どんなにいいでしょうか。子どもにとっては、自分らしさを愛してもらえている実感となり、大人にとっても、ストレスを発散して傷を癒やすことにつながります。傷が癒やされることで、人は人に寛容になり、他者と、よりいい関係を結べるようになるのです。

子どもは「なにを教えられたか」ではなくて、「どう接されたか」から学ぶ

人は、自分にされたことを、他人にするものです。親が子どもに寛容にやさしく接すれば、子どもも同じように、人にやさしく接するようになるでしょう。反対に、常

にきびしく律していると、子どもも他者に不寛容になり、人間関係を作るのがむずかしくなるかもしれません。まさに「子は親の鏡」です。

子どもは「なにを教えられたか」ではなくて、「どう接されたか」から学ぶもの。子どもが、その子らしさを失わずにのびのびと育つようにしてあげられれば、その子が大人になったとき、きっと他者を大切にして、人から好かれ愛されるような人になることでしょう。

教官からのメッセージ

「子どもを追い詰めない育て方」は、一言で言えば、「親自身が自分を追い詰めない生き方をすること」でした。どうか、肩の力を抜いて、子どもとともに伸びやかに人生を楽しんでください。最後に、教官からのメッセージです。

「これを読んで、『しまった、わたしの育て方が間違った』と自分を責めないでくださいね。大切なのは『いま』と『これから』なのですから」竹下三隆

「自分の命の大切さがわからなければ、他人の命の大切さもわかりません。人は、だれかに大切にされて、はじめて他人のことを大切にできるのです。どうかお子さんの命を慈しみ、心に寄り添ってあげてください」乾井智彦

おわりに

二〇一六年七月、法務省から、「来年三月末で奈良少年刑務所を廃庁にする」との突然の発表がありました。明治五大監獄の一つとして建てられ築百年を越える名煉瓦《れんが》建築は残され、運営権を民間に売却して、ホテルなどとして活用されるとのことです。

二〇一四年十月、煉瓦建築の保存を願って「奈良少年刑務所を宝に思う会」を立ちあげたわたしたちにとって、それはとてもうれしい知らせでした。と同時にショックでした。まさか廃庁になるとは。「社会性涵養プログラム」の詩の授業もなくなってしまいます。教官や受刑者、ともに講師を務めてきた夫の松永洋介、みんなでゼロから創りあげてきた教室です。成果もあがり、他の刑務所や少年院にも伝えていこう、としていた矢先の知らせでした。

奈良少年刑務所は、多くの人に支えられてきた更生施設です。篤志《とくし》面接委員や教誨《きょうかい》師《し》の方々、職業訓練に協力してくださる左官屋さん、理容師さん、クリーニング屋さん……高い塀を越えて、人々との交流があり、少年たちの更生を応援する温かい関係を築いてきました。また、充実した更生教育でも知られ、少年刑務所では「東の川越、西の奈良」と並び称されるほどでした。刑務所の高い塀は、彼らを懲らしめ閉じ込めるためのものではなく、世間の荒波から彼らを守るための防波堤。傷ついた心を癒やし、反省の心を養い、再び社会へと還っていくための希望の施設なのです。だからこそ、町の人々も毛嫌いせず、協力を惜しまなかったのでしょう。その伝統が、廃庁により絶ちきられ、消えてしまうことが、残念でなりません。新しく生まれ変わる施設に、加害者支援や被害者救済という形で、更生教育の伝統が生かされ、継承されていくことを、心から願っています。

　この九年間、わたしは授業のために刑務所に通うことが、楽しみでなりませんでした。それは、ともに歩み続けてきた夫の松永洋介も同じ思いでしょう。彼らの心に触れると、深い森で森林浴をしたような気持ちになりました。そこにはいつも、俗世とは違う透明な時間が流れていました。彼らのつらい過去の思い出や、心が開かれたときに出てくるやさしさに、なんど涙したか知れません。なぜこんな子たちが犯罪を、と思わずにはいられませんでした。「誰かの役に立っている」と、わたしにはじめて実感させてくれたのも、彼らです。この授業は、わたしに「魂の居場所」を与えてくれました。そう思わせてくれた彼らに、そしてその機会をくださった刑務所の方々に、深く感謝しています。

授業が消滅すると、そんな居場所もなくなってしまいます。わたしは、新たな居場所を自分で創っていかなければなりません。本来の作家活動だけではなく、授業の成果を市《し》井《せい》で生かす方法を考えていきたいと思っています。受刑者たちも、刑務所を出たら、自分の居場所を見つけなければなりません。そんなとき、この本が、彼らへの偏見や差別をなくし、その更生を少しでも手助けすることに寄与できたら幸いです。

二〇一六年　奈良移住丸十年を迎えた夏に　　寮美千子

文庫版あとがき

奈良少年刑務所の赤煉瓦の庁舎前、青空の下にグランドピアノが置かれていた。幻を見ているようだった。「ボレロ」の音色に、天空の雲雀《ひばり》の囀《さえず》りが重なる。おじいさんの時計を慈しむ「大きな古時計」には涙が止まらなかった。古時計に、百九年の歴史を刻んできた赤煉瓦が重なる。明治以来、どれだけの思いが去来したのか。

生きているうちに、こんな日が来るとは夢にも思わなかった。二〇一七年、春まだ浅い三月十一日、奈良少年刑務所が「旧奈良監獄」として国の重要文化財に指定されたことを記念しての屋外コンサートだった。演者はジャズピアニストの山下洋輔《やましたようすけ》さん。「明治五大監獄」を設計した司法省の技官・山下啓次《けいじ》郎《ろう》氏のお孫さんだ。わたしたちが立ちあげた「奈良少年刑務所を宝に思う会」の会長でもある。

わたしと夫の松永洋介が奈良少年刑務所の「社会性涵養プログラム」の講師となったのは、首都圏から奈良に転居してちょうど一年後の二〇〇七年七月のことだった。明治の名煉瓦建築見たさで同刑務所の矯正展を訪れたときに、刑務所の教官と言葉を交したのがきっかけで、講師を依頼された。意外な展開だった。

はじめての授業の日、「社会性涵養プログラム」を企画した統括官の細水令子《ほそみずれいこ》さんに「この建物も、近いうちに壊されてしまうんですよ」と言われて驚いた。調べてみると、二〇〇三年、法務省が奈良少年刑務所の建物の大半を解体・新築する「奈良少年刑務所新営工事事業評価資料」を公表していた。条件が整い予算さえ付けば着工されるのだ。こんなすばらしい建物を壊すなんて、と思った。刑務所というにはあまりに美しく、西洋の城か修道院のようだった。しかも、どこか愛らしい。立派なのに権威的ではない。人を寄せ付けない厳しさではなく、招き入れるやさしさがある。近くにある遊園地の門だと思って来てしまう人もいたという。後に知ったのだが、設計の山下啓次郎が、人権を守り受刑者の心を育てるような建築を目指したために、このような建築になったのだそうだ。文明開化の時代、西洋に肩を並べようとした日本政府の精一杯の努力の結晶、日本近代化の記念碑であり、その後の治安維持法時代の暗黒の歴史や、戦後の民主化を反映する少年刑務所の歴史も刻んだ、大切な歴史的建造物だ。それを壊してしまうなんて、胸が痛くて堪らない。なんとかしなければ、と思ったが、奈良に転居して間もないこともあり、どうしていいのか見当もつかなかった。

とは言え、なにかしなければ壊されてしまう。「明治五大監獄」で全貌が残り、当初の目的のまま利用されているのは、奈良少年刑務所だけだ。なんとしても残したい。

しかし、刑務所建築は、一般の目に触れることがない。だからその価値がほとんど知られていない。外から見えるのは、立派な表門とお城のような庁舎だけだ。「五翼放射状」の舎房や、隅々にまで凝らされた美しい意匠を知ってもらうためには、写真撮影をして、みんなに見てもらうしかない。そう思って、法務省に撮影の許可申請を提出し、東京から写真家の上條道夫《かみじょうみちお》さんを招いた。撮影日は、二〇一〇年二月一日と二日に予め決めてあった。というのも、ある目論見があって、撮影を急いでいたからだ。上條さんの都合がこの日しかつかない、というので、許可が下りるのを待たずして、奈良に来てもらった。承認印が押された許可の書類が届いたのは、撮影当日の朝だった。いままで見たこともないほどたくさんの承認印が押されていた。滑り込みセーフだ。上條さんは商業写真家で、本来ならかなりの撮影費が必要だが、事情を話すと、実費のみで引き受けてくださった。感謝しかない。

初日は小雨だったため、室内を撮影。二日目に外観を撮影したが、前日の雨のお陰で煉瓦の赤味が鮮やかになり、青空に映える美しい写真が撮れた。偶然の産物、天の配剤だ。翌月から、奈良市のナガノカメラワークのギャラリーで写真展「知られざる名建築〜旧奈良監獄・奈良少年刑務所の美〜」を開催した。このときに、コンサートのために奈良市に滞在中の山下洋輔さんに連絡を取り、ご覧いただくことができた。

というか、山下さんの来寧《らいねい》を狙って写真展を開催するために、撮影を急いだのだった。赤煉瓦建築保存のために、いつか力になってほしいという下心があった。

その後、宝塚市役所などでも写真展を開催。全国組織の赤煉瓦ネットワークや、産業遺産の保存活用を推進する J-heritage も協力してくれた。奈良少年刑務所の矯正展では、毎年、写真展をさせてもらった。勤務している職員の方々が「こんなきれいな建物で働いていたのか」と驚いていたのが新鮮だった。

二〇一四年、奈良市の通称「きたまち」に激震が走った。延び延びになっていた奈良少年刑務所の建て替え計画だったが、新所長が就任演説で「わたしの任期中に建て替え計画を確定する」と宣言したからだ。わたしたちも新所長から直々に聞いて戦慄していた。なんとかしたいと町の人々と協力して「奈良少年刑務所を宝に思う会」を設立。山下洋輔さんに会長就任をお願いすると、快く引き受けてくださった。ありがたかった。山下さんを招いての設立総会は、地元鼓阪《つざか》小学校の講堂で開催、思いのほか多くの人が来てくださり、椅子を出しても出しても足りなかった。山下さんは「お飾り会長」ではなく、その後、自ら谷垣禎一《たにがきさだかず》法相と面会して保存を訴えてくれた。

ここから火が付いたかのように、二〇一五年には日本建築学会が保存活用要望書を法務大臣に提出、翌年には地元自治会と奈良県議会も保存と文化財指定を求める要望書と意見書を提出。すると、二〇一六年七月、突然「奈良少年刑務所の年度末での廃庁」が発表された。「旧奈良監獄」として国の重要文化財に指定されることを見据えてのことだ。

保存決定はもちろんうれしかった。しかし廃庁は寝耳に水だ。わたしたちは奈良少年刑務所の廃庁を望んだわけではなかった。職員が講堂に集められ「今月中に希望の転勤先を提出するように」と命じられたという。その日から、少年たちは、順次、別の刑務所に移送された。事務所の机も早々に処分され、職員は立ったまま仕事をする有様だった。普通、刑務所の廃庁には数年かかるというのに、決定から廃庁までわずか八カ月しかなかったため、職員は大車輪で事を進めた。

そんな忙しさのなかで、奈良少年刑務所・総務部長の岩本康彦さんが中心になって山下洋輔さんの「奈少刑 The Final Concert」を企画してくれたことに深く感謝している。受刑者は全員移送され、舎房はすでに空になっていた。彼らがまだいたら、この音色が届いただろうに……。すばらしい写真を撮ってくれた上條道夫さんにも、聴いてもらいたかった。彼は二〇一五年、ガンで逝去していた。その写真は、いま『写真集 美しい刑務所 明治の名煉瓦建築 奈良少年刑務所』（西日本出版社）で見ることができる。刑務所が現役稼働中に撮影された貴重な記録だ。

二〇一八年、安倍《あべ》首相が施政方針演説で「旧奈良監獄は三年後にホテルへと生まれかわります。文化財保護法を改正し活用を促進します」と発言。新聞もテレビも「監獄ホテル」と浮かれていたが、わたしたちは、ここを博物館網走監獄のような史料館として、また若者の更生に関わる施設として活用してほしいと願っていた。そこで「旧奈良監獄を高級ホテルに改造しないでください」署名活動を開始。法務省と企業に提出したが、願い虚しく、融資が決定し、二〇二三年十月に本格着工された。

その流れのなかで、何よりも残念だったのが、急な廃庁決定により、刑務所で行われていた教育のほとんどが、他の刑務所に系統的に継承されなかったことだ。わたしたちの「社会性涵養プログラム」もそうだった。

この絵本と詩の教室は、刑務所教官の竹下三隆さんと乾井智彦さんの力を借りて、共に作り上げてきたオリジナルの授業だった。竹下さんは臨床心理士だが、認知行動療法をそのまま採用したわけではなかった。広めたいと思っても、メソッドやハウツーや学問的裏付けがない。しかし、確実に手応えがあった。法務省も、受講生のその後を追跡調査しようとしているところだった。また、授業に興味を持った研究者が見学に訪れ、次期から半年間、授業に参加したいと申し出てくれた。東京学芸大学大学院教授（当時）の成田《なりた》喜《き》一郎《いちろう》さんだ。授業を分析してメソッド化したいという。これもすでに決定していたのに、急な廃庁で実現できなくなった。成田さんはその後、手持ちの資料ですばらしい論文を書いてくださったのだが「授業に参加しての考察ができなかったのが残念」とおっしゃっている。わたしも残念だ。

わたし自身は、学歴も資格も所属もない単なるノラ作家だ。そのせいか、他の刑務所からお声がかかることはなかった。お役所では、わたしのような人物を起用するのはむずかしいのだろう。と思い知るほどに、最初に「ただの作家」でしかないわたしを起用してくれた統括官の細水令子さんに感謝の念が湧く。この授業に参加したおかげで、世界観や人生観まで変わった。生き方も変わった。それは、ベテランの竹下先生や乾井先生も同様だったという。指導者さえ変える力を持つ授業だったのだ。

授業の様子は『空が青いから白をえらんだのです　奈良少年刑務所詩集』（新潮文庫）、『世界はもっと美しくなる　奈良少年刑務所詩集』（ロクリン社）、ノンフィクション『あふれでたのは　やさしさだった　奈良少年刑務所　絵本と詩の教室』（西日本出版社）として上梓《じょうし》。『空が青いから～』は好評でアマゾンの詩集ジャンルで何度も一位になった。少年刑務所の受刑者の詩が、中原中也《なかはらちゅうや》や谷川俊太郎《たにかわしゅんたろう》の詩より読まれたことがあったのだ。詩を書いた本人が知ったらどんなにか誇らしいことだろう。

本が売れたお陰で、多くの人が「社会性涵養プログラム」の絵本と詩の教室のことを知ってくれた。わたしたちに、詩の教室を開いてほしいという要請もいただいた。いくつかの場所で、刑務所と同じ授業を試みてきた。

奈良市の児童自立支援施設「精華《せいか》学院」は、さまざまな問題を抱えた子どもたちが集団で暮らす施設。絵本『おおかみのこがはしってきて』の朗読劇が大好評だった。子どもたちが自分から「朝の時間にみんなの前で上演したい」と言いだして、実現したという。自分の気持ちをなかなか言葉にできなかった子たちだが、この授業を通じて積極的になり、コミュニケーションが楽になったと聞いて、うれしかった。

京都府木津川市の「ワーキングセンターいづみ」は障害者施設。参加者には字を書くのもおぼつかない知的障害者もいるのに、と最初は危ぶんだ。施設では、事前に詩を書く時間を取り、書けない人にはそのつぶやきを支援職員さんが書き取ってくれた。授業では、まず本人が朗読する。文字を読むのが困難な人もいる。付き添って文字を指さしながら音読を手伝うと、詩を書いたときの気持ちを思いだして、半ば即興の創作詩を朗唱してくれた。朗読が終わると、みんなに感想を聞くのだが、これがまたむずかしい。いくら待っても言葉にならず、本人が苦しんでいるように見えることすらあった。そもそも、感想を聞かれている、ということも理解できなくて、とまどった挙げ句、その詩をもう一度朗読してしまう人もいた。しかし、朗読を制止したりはしない。教室の鉄則は「否定しない」だからだ。「ありがとうね」といって、さりげなく次に行く。そんな具合だから、この教室は彼らにとって「苦痛」なのではないか、と心配した。

しかし、月に一度の教室を半年続けて終了。新しいメンバーで第二期を始めようとしたときのことだ。第一期のメンバーから不満の声があがった。「やめたくない」「続けてほしい」という。いつも授業の終わりに「どうだった？」と聞くと、みな「楽しかった」と口を揃えて言ってくれたのだが、単なる社交辞令だと思っていた。ところが、そうではなかったのだ。そこで、松永と二人一組でしていた講師を、一人ずつに別れて、二教室開くことになった。

このとき、わかった。知的障害者は、自分の思いをうまく言葉に乗せることができない。それどころか、自分の気持ちを言葉で把握するのもむずかしい。人が言っていることが理解できないことも多い。極端に言えば、生まれてからずっと、言葉の通じない外国で暮らしているようなものなのかもしれない。フラストレーションが溜まって当然だ。この詩の教室は、それを解消してくれるらしい。みんなが自分の詩に耳を傾けてくれる。そして、感想を述べてくれる。それだけで「受けとめてもらった感」が大きいようだ。彼らはみな、明るくなり、不適応な行動も減ってきた。

長く続けると、それぞれのスタイルが生まれてくるのも楽しかった。必ず1から10まで番号を振って、箇条書きでレシピを書いてくる昇《のぼる》さんは、支援職員から料理を習って自炊していた。インスタント食品を上手に採りいれたメニューもあり、作ってみたいと思うものも多かった。みんなが「食べたくなった」「作りたくなった」と言うと、ますます張りきって次々と書いてきてくれた。

お兄さんとの恋愛について書いてきた遥《はるか》さん。お兄さんは父親の連れ子だという。焦ったが、職員に聞けばそんな兄弟はいないとのこと。韓流ドラマのような架空の物語を作り、主人公になって楽しんでいるのだ。最初は、そのお兄さんのことばかりだったが、回数を重ねていくうちに、小学校の担任や、海外で活躍する同級生の女の子など、登場人物が増えて世界が広がっていった。詩として発表することで、心の中の世界も広がっていったのだろう。みんなもそうとわかっていて、受容してくれた。

令子《れいこ》さんは「ディスコのある空飛ぶ古民家で世界中を旅したい」といった荒唐無稽な夢を語ってくれていたが、やがて「YouTube でいづみの作品をＰＲしたい」と実現可能な夢も混じりはじめた。暮らしにリアリティが生まれたようだ。

授業中に騒いでしまう和良《かずよし》さん。誰かが発言しているのに、大きな音で手を叩いたり、無関係な発言をする。「手を叩きたくなったら、教室の外を散歩してきて」と言ったら、そうしてくれたこともあったが、それでも授業中の無用な拍手が止まない。彼の妨害で泣きだして、話せなくなってしまった参加者もいた。これはもう退場してもらうしか手はないか、と案じていたとき、突然、おとなしくなった。聞けば「お父さんに会えてうれしかったです」と笑顔で応える。父親が長く入院していてコロナ禍で会えず、それがストレスだったようだ。家庭環境には恵まれなかったが、それでも会いたい気持ちが募るのだと切なかった。ともかくも、彼は授業の妨害をしなくなった。友だちの詩の感想を求めると「○○くんはがんばっていると思います」の一点張りだったのが、先日「ぼくも栗ご飯を食べたくなりました」と言ったので驚いた。彼が詩の内容にレスポンスしたのは、初めてだったからだ。すると、参加者から「成長したなあ」「よかった！」「みんなで和良さんに拍手しましょう」と声があがった。みんなで大拍手をした。和良さん、実にうれしそうで「ぼく、がんばってます！　えらいです！」と胸を張って満面の笑みを湛えた。彼もすばらしいけれど、「拍手しましょう」なんて言いだす仲間たちの観察眼とやさしさに心打たれた。簡単に諦めてはいけないのだと、このとき、つくづく思った。

　天理教分教会長の新田《にった》恒夫《つねお》さんから、Ｚｏｏｍで詩の会を開いてほしいと頼まれたこともある。彼は千葉市で不登校や障害児の学びの場「スペース海《うみ》」を主宰している。

生身の人ではなくて、パソコンの画面相手に話すのかと思うと、気が重かった。しかし、参加者は重度障害児を持つ親ばかりだという。彼にもまた、障害を持つ娘さんがいた。子どもの障害が重くて二十四時間介護が必要なため、外出が困難な人もいるという。居住地も全国各地に散らばっている。それならと、引き受けることにした。

　最初は「この子は、わたしを親に選んで生まれてきてくれた」といった、理想的な「障害児の親像」を語る人ばかりで、頭を抱えたのだが、回を重ねて顔見知りになると、だんだん本音を出してくれるようになった。出産時、医師も看護師も慌ただしく隣室に行ってしまい、分娩室に置き去りにされて尋常ならざることが起きていると感じたときの、まっ暗な宇宙に放りだされたような孤独感。障害を告げられたときのショックの大きさ。他人から「かわいそうね」と言われたときの悔しさ。さまざまな思いが吐きだされた。新田さんは、娘さんが中学生になるまで、その障害を受け入れられなかったと告白してくれた。一人が吐き出すと、連鎖反応のようにみんなが本音を吐露し、互いに涙涙という場面がいくつもあった。「こんなことを語れる場は、いままでなかった」と口々にいう。少年刑務所でもそうだった。同じ体験をした者同士が集まって語りあえる場を持てることは稀だ。だからこそ、この詩の会には意味があると思った。Ｚｏｏｍの参加者たちは、いまでは、天理教主催のイベントで、このとき書いた詩を使って講演をしている。次の一歩を踏み出すきっかけになったのだ。

　一般の人々に請われて、詩の集まり「わかちあう詩の会」を開いたこともある。詩の優劣を競いあうのではなく、書かれた気持ちに寄り添い語りあう会だった。また、ギャラリーで絵を鑑賞して、一枚の絵を選び、その絵から想起した詩を書いて読みあう「絵に詩」という会も開催した。「縁《えにし》」の掛《か》け詞《ことば》だ。一枚の絵から想起されるさまざまな心模様が言葉になり、思いがけず涙涙、という回も多々あった。まさに、縁を結ぶような会だった。一般の人でも、心の深いところを語りあう機会はなかなかない。この会に集った人々は、みな幼なじみのように親しくなることができた。

「社会性涵養プログラム」として始まった絵本と詩の教室には、さまざまな可能性があることを知った。できれば、本心を語ることを忘れ果てている政治家や官僚、経済人にも参加してもらいたいくらいだ。人が、その役割や鎧《よろい》を脱いで、一人のすなおな「自分」になれる時間が、ここにはある。そうすれば、快く交流でき、互いに思いやる心も生まれる。ぜひ、いろいろなところで実践してほしい。

　第二詩集である『世界はもっと美しくなる　奈良少年刑務所詩集』が、この度『名前で呼ばれたこともなかったから　奈良少年刑務所詩集』と改題されて新潮文庫に入ることになった。感謝の念に堪えない。本書には「詩の教室を開く12のポイント」も収録。これを参考に、ぜひ詩の教室を開いてみてほしい。12のポイントを守ることができたら、だれでもこんな詩の会を開けるはずだ。

二〇二三年十月、本書一三〇頁の「自分の希望」を書いた冨士谷隆志くんが出所十年を迎えた。奈良に呼んでお話し会を開き、お祝いをさせてもらった。もう一人、受講生だった糟谷武彦くんも来てくれたので、ゲストとして語ってもらった。きびしくつらかった刑務所生活の話のなか「詩の教室はどうだった？」と聞くと、二人とも一瞬にして相好を崩し「楽しかった」と言う。言葉以上にその表情が物語っていた。うれしかった。少しでも彼らの役に立てたなら幸いだ。彼らの前途に幸あれと、心から願う。

二〇二三年　晩秋の奈良にて　寮美千子

本書は二〇一六年十月にロクリン社より刊行された『世界はもっと美しくなる　奈良少年刑務所詩集』を文庫化にあたり改題したものです。

名前《なまえ》で呼《よ》ばれたこともなかったから
—奈良少年刑務所詩集—

新潮文庫　り－5－2

令和六年二月一日発行

編者　寮《りょう》美《み》千《ち》子《こ》

発行者　佐藤隆信

発行所　株式会社新潮社

郵便番号　一六二—八七一一
東京都新宿区矢来町七一
電話　編集部(〇三)三二六六—五四四〇
　　　読者係(〇三)三二六六—五一一一
https://www.shinchosha.co.jp

組版/新潮社デジタル編集支援室

価格はカバーに表示してあります。

乱丁・落丁本は、ご面倒ですが小社読者係宛ご送付ください。送料小社負担にてお取替えいたします。

印刷・株式会社三秀舎　製本・加藤製本株式会社

ISBN978-4-10-135242-8 C0192